Paulo Ludogero
pelo espírito VIKING

FLECHA CERTEIRA

o grande caçador de almas

Rio de Janeiro | 2024

Texto © Paulo Ludogero, 2023
Direitos de publicação © Editora Aruanda, 2024

Direitos reservados e protegidos pela lei 9.610/1998.

Todos os direitos desta edição reservados à
Aruanda Livros
um selo da EDITORA ARUANDA EIRELI.

Coordenação Editorial Aline Martins
Preparação Uara Gonçalves
Revisão Editora Aruanda
Design editorial Sem Serifa
Ilustrações André Cézari
Impressão Gráfica Psi7

Texto de acordo com as normas do Novo
Acordo Ortográfico da Língua Portuguesa
(Decreto Legislativo nº 54, de 1995)

Dados Internacionais de Catalogação na Publicação (CIP)
de acordo com ISBD
Bibliotecário Vagner Rodolfo da Silva CRB-8/9410

L946f   Ludogero, Paulo
          Flecha Certeira: o grande caçador de almas / Paulo
        Ludogero. – Rio de Janeiro, RJ: Aruanda Livros, 2024.
          160 p. ; 13,5cm x 20,8cm.

          ISBN 978-65-87426-29-7

            1. Religiões africanas. 2. Umbanda.
          3. Ficção religiosa. I. Título.
                                                CDD 299.6
2024-1302   CDD 299.6

          Índice para catálogo sistemático:

            1. Religiões africanas   299.6
            2. Religiões africanas   299.6

[2024]
IMPRESSO NO BRASIL
https://editoraaruanda.com.br
contato@editoraaruanda.com.br

Como sempre, dedico este livro à minha mãe, Maria Imaculada.

Mãe, sem a senhora, eu jamais teria atingido o grau que tenho hoje em nossa religião. Sei que ainda preciso aprender muito, mas, tendo a senhora como exemplo, tenho a certeza de que alcançarei novos patamares.

FLECHA CERTEIRA

Ponto de chamada

>>>→ • ←<<<

Flecha Certeira, lá da aldeia, vem trabalhar.
Foi o senhor Oxóssi, Flecha Certeira,
quem mandou lhe chamar.
Nesse terreiro, os filhos vêm lhe procurar.
Venha nos ajudar, meu caboclo,
com as ordens de Oxalá!*

— ROSEMARY CAMPOS DE LIMA —

*Ponto-cantado recebido pela médium da
Tenda Espírita de Umbanda Santa Rita de Cássia*

* Ouça esse e outros pontos-cantados, apontando
a câmera do celular para o QR code.
Na transcrição desse ponto-cantado, a correção gramatical
e a concordância foram preteridas em prol do ritmo e
da melodia. [Nota da Editora, daqui em diante NE]

FLECHA CERTEIRA

Nota do autor

>>> • <<<

m 26 de outubro de 1991, por intermédio das mãos da Cabocla Iracema — guia-chefe espiritual de Mãe Imaculada, da *Tenda Espírita de Umbanda Santa Rita de Cássia* —, pela primeira vez, em uma gira de desenvolvimento mediúnico, manifestei o Caboclo Flecha Certeira, guia-chefe espiritual de minha coroa.

Como qualquer médium em desenvolvimento, senti um misto de alegria e de medo. Sim, medo! Medo de errar e de não estar à altura de manifestar um espírito de luz.

Senhor Caboclo Flecha Certeira, como um verdadeiro pai, já me repreendeu diversas vezes, sempre me corrigindo quando necessário. Não me vejo nesta vida sem a presença de meu Pai Flecha Certeira!

Sei que muitos médiuns carregam um Caboclo Flecha Certeira na coroa. Recentemente, no fim do ano de 2022, conheci uma irmã de fé que trabalha com uma Cabocla Flecha Certeira. Conversei bastante com alguns médiuns e entendi que existem muitas semelhanças nas atitudes e nas ações desses caboclos.

Espero que a leitura deste livro proporcione a todos o entendimento de que o mundo espiritual é lindo e de que as entidades de luz nos amam muito.

FLECHA CERTEIRA

Prefácio

O hábito de leitura sempre fez parte de minha vida. Mesmo antes de ingressar na Umbanda, a literatura espírita já despertava meu interesse e eu me envolvia com aquelas histórias de uma forma diferente, como se algo nelas tivesse um sentido e fizesse parte de algo maior, que estivesse além de meu entendimento na época.

Hoje, como médium umbandista, percebo que estava sendo preparada para entender o mundo espiritual e chegar até aqui.

Com muita honra, aceitei o convite para escrever o prefácio deste livro. Se antes eu lia os livros imaginando um cenário desconhecido; hoje, leio a história de alguém que conheço, com quem converso, que faz parte de minha vida e que me guia pelo caminho chamado "Umbanda".

Conhecer um pouco da história do Caboclo Flecha Certeira e de sua vida na Terra foi uma grata surpresa. Senti como se, de alguma forma, eu estivesse conectada e fizesse parte daquela vivência — livro bom é assim: nos leva para dentro da história e mexe com a gente.

Emocionei-me diversas vezes, pois, a cada capítulo, algo novo acontecia e me permitia ligar os pontos e criar conexões entre personagens e situações, o que ia ao encontro da egrégora de nossa casa, de nossa raiz. Senti e chorei as dores das partidas; sorri e vibrei com a alegria dos encontros e reencontros; e imaginei um dia ter o privilégio de conhecer alguma das entidades retratadas no livro, mas desconhecidas por nós até o momento.

"Caçador de almas", essas palavras me tocaram profundamente, pois desta forma que sinto ter chegado ao terreiro. Como o bom guerreiro que é, ele foi à luta e me resgatou. Não apenas a minha pessoa, mas, principalmente, a fé em mim e nos guias que fazem parte de minha caminhada mediúnica. Não posso deixar de agradecer, também, à Cabocla Jaciara, que é parte fundamental de minha jornada.

Creio que, conhecendo a história do Caboclo Flecha Certeira, podemos trazer seus ensinamentos para a realidade dos dias atuais. Ele tinha um caminho a seguir e uma vontade que desafiava o que havia sido traçado para ele. Com perseverança, respeito e honra, ele conseguiu ir além do esperado e mostrou a todos como ser digno das conquistas, abrindo caminho para que outros alcançassem as próprias vitórias.

Que eu, médium, continue aprendendo e servindo à nossa casa da maneira mais digna e honrosa possível! Que todos possam sentir as emoções sentidas por mim e aprender as lições trazidas nestas páginas!

Meu muito obrigada ao pajé, guerreiro, cacique, caboclo, ou melhor, ao nosso Pai Flecha Certeira! Uma excelente leitura a todos!

Fabiana Samanta
Médium do *Núcleo Umbandista e de Magia Caboclo Flecha Certeira e Pai Manuel de Arruda*

FLECHA CERTEIRA

Prólogo

>>>→ • ←<<<

— alve, meu irmão na Luz! Pediu que eu viesse até você?
— Sim, Flecha Certeira! Há muito, desejo ouvir sua história. Conheci-o quando fui chamado a habitar esta morada espiritual. Após receber sua permissão para que a história do amigo Sete Caveiras fosse transmitida a nosso médium, senti-me instigado a conversar com o senhor e, se permitir, também passar seu conhecimento para nosso médium.

— Viking, existem muitos outros espíritos que merecem ser ouvidos por você.

— Sim, mas nenhum deles é meu amigo, Caboclo Flecha Certeira! Estou certo de que sua história trará luz a muitos espíritos encarnados e desencarnados.

— Consultarei a Espiritualidade Maior. Pedirei permissão a Tupã Maior e a Pai Oxóssi. Voltarei assim que a tiver... ou não...

Então, diante de mim, ele volitou. Meu amigo, o Caboclo Flecha Certeira, leva a questão da hierarquia muito a sério. Por isso, ele jamais começaria a contar sua história sem permissão.

Não houve muita espera. Dois dias depois, ele reapareceu, volitando na minha frente.

— Salve, meu irmão na Luz! Como prometido, vim lhe dar uma resposta.

— Salve, Caboclo Flecha Certeira! Sabia que o senhor só conversaria comigo se tivesse autorização.

— Sim, podemos conversar, mas tenho alguns pedidos a fazer.

— Claro, meu irmão.

— Usará nossos nomes sagrados e confirmados na Umbanda. Contarei o possível; mas, para o que não for permitido, manterei a lei do silêncio.

— Compreendo perfeitamente!

Sentei-me em uma pedra próxima. Meu amigo fez o mesmo e começou a narrar uma das mais belas histórias que já ouvi.

Tenham todos uma excelente leitura!

Viking

FLECHA CERTEIRA

O início

>>>→ • ←<<<

eu nome é Flecha Certeira. Sou um dos muitos caboclos que trabalham na sagrada religião de Umbanda. Em minha última existência, nasci na carne em 1394, no seio de uma floresta virgem, e, em 1444, nasci para a espiritualidade, ainda nas matas. Como não conheci meus pais carnais, fui criado por meu irmão mais velho, Flecha Dourada, e por meu primo, Flecha Ligeira. Minha encarnação foi marcada por iniciações como guerreiro, caçadas e magias com os pajés da tribo.

Quando nosso cacique foi chamado para servir nos campos de Tupã, os guerreiros mais antigos, juntamente com os pajés, decidiram esperar por um guerreiro apto a assumir a função.

Sempre fui considerado um guerreiro inigualável, pois minha altura e minha força eram diferenciadas; minha mira fazia jus ao meu nome; e minha flecha, quando atirada, parecia seguir meus pensamentos até atingir o alvo.

Na carne, eu tinha a visão sagrada: via os espíritos das matas, das águas e de todos os tipos. Meus ouvidos também eram aguçados, era capaz de ouvir além de minha compreensão. Por conta de meus dons, os pajés da tribo me queriam sempre por perto e diziam que meu lugar era com eles. No entanto, meu coração pertencia aos guerreiros. Na carne, jamais reneguei os dons que Tupã Maior me deu, mas não pude rejeitar o desejo de ser um guerreiro. Para mim, ser um guerreiro significava estar ao lado da aldeia, lutar por ela e por minha família, além de poder honrar os guerreiros mais velhos e minha ancestralidade. Em meu íntimo, sentia que deveria ser um guerreiro, não um pajé! Habituei-me a lutar pelo bem de todos. Lutei por mim, por meu grande amor, por minha tribo, por minha família e pela Umbanda.

Quando meu irmão, Flecha Dourada, desencarnou, eu já havia sido iniciado como guerreiro, e, depois que aprendi as magias dos pajés, foi a vez de meu primo partir. É nesse momento da vida que começa minha verdadeira história.

FLECHA CERTEIRA

As iniciações

>>>— • —<<<

uando eu era pequeno, Flecha Ligeira sempre deixava Flecha Dourada e eu debaixo de uma árvore e nos mandava esperar. Ao longe, conseguíamos vê-lo se aproximar do rio onde pescávamos e se ajoelhar na margem. Ele orava à deusa dos rios e pedia licença para retirar os peixes de sua morada a fim de alimentar nosso povo. Eu admirava o respeito que ele tinha pelas águas sagradas.

Quando ele nos chamava, corríamos com nossas pequenas lanças pontiagudas. Flecha Dourada e eu costumávamos disputar quem pescava mais, mas Flecha Ligeira sempre nos advertia:

— Pegaremos o suficiente para nos alimentar. Sem competição!

Durante as caçadas, ele praticava o mesmo ritual: ajoelhava-se e pedia licença ao Grande Espírito das Matas para retirar o alimento de nosso povo. A fé de meu primo e o respeito que ele tinha por toda a Criação sempre foram exemplos para mim.

Flecha Ligeira não gostava de guerras ou de desperdícios, e a sabedoria dele possibilitou minha primeira iniciação na carne.

— Flecha Certeira, ajoelhe-se perante a força do Grande Espírito das Matas! Curve a cabeça e peça licença para caçarmos. Jamais cace além do necessário para seu povo. Sua pontaria deve ser certeira, pois a caça não pode sofrer por conta uma flecha sem mira.

Ajoelhado e atento às palavras de Flecha Ligeira, tive meu rosto inteiro pintado e meu corpo banhado com ervas maceradas, iniciando, assim, minha jornada como um bom caçador.

Sentia meu corpo inteiro vibrar como nunca. Flecha Dourada sorria e dizia que agora, sim, seu irmãozinho havia se tornado um caçador.

Logo em minha primeira caça, recebi outra grande lição de Flecha Ligeira:

— Ajoelhe-se perante a caça, agradeça pela vida dela e pela carne que nos alimentará. Diga que, agora, o espírito dela voltará para os ancestrais e permanecerá junto do Grande Espírito das Matas.

Naquele momento, compreendi que a vida é um ciclo. Se os animais têm vida após a morte, nós, certamente, também temos.

Não demorou muito para que eu fosse reconhecido na aldeia como um grande caçador, pois jamais voltava de uma caçada de mãos vazias. Alguns guerreiros já me enxergavam como um futuro cacique, mas os pajés ainda me queriam ao lado deles.

※※※

A iniciação seguinte se deu nas águas, na grande queda d'água. Chamávamos o local de "A Queda Que Canta", pois a água que descia da enorme cachoeira batia em grandes pedras e provocava um som que encantava todos. Além disso, as nuvens d'água que se constituíam lavavam tudo à sua volta.

Flecha Ligeira, ao lado do pajé de nossa tribo, pintou meu rosto e meu corpo. Entreguei-lhe meu arco e minhas flechas, fui andando até o lago que se formava diante da cachoeira, mergulhei e fui nadando até a queda. Então, pude ouvir um lindo canto que me fascinou e mexeu com meus sentidos. Logo, lembrei-me das palavras do pajé:

— Alerte os sentidos, mas não se entregue a tudo o que ouve ou vê. Iara o receberá com seu canto sagrado. Sua missão é voltar para nós após se banhar nas águas sagradas. Ouça, sinta e aprenda com o canto das águas sagradas, são poucos os que são recebidos por elas.

Subi por algumas rochas que ficavam atrás da grande queda e não conseguia ver mais nada além da água que caía. Então, me entreguei e ouvi novamente o canto de Iara. Fechei os olhos e comecei a agradecer pelo privilégio de ver e ouvir os grandes espíritos das águas.

Quando o canto cessou, percebi que precisava voltar. Mergulhei na grande queda e saí nadando no lago à frente. Em seguida, avistei Flecha Ligeira e o pajé me olhando atônitos. No local onde eu emergia, havia se formado um arco-íris, e eu estava sendo abençoado pela força dele.

— Flecha Certeira, Iara e a Serpente Colorida o abençoam! Sei que gosta de caçar e de ser um guerreiro, mas seu lugar está entre os pajés! — afirmou o pajé de nossa aldeia.

Agradeci, mas meu sangue era o de um guerreiro, não queria ficar ao lado dos pajés. Eu ainda precisava aprender o poder dos sons da terra e das pedras que uivam. Por isso, continuei minhas iniciações com os pajés, mas sempre avisando que seria um guerreiro.

>>> → • ← <<<

Ao longo dos anos, aprendi muito sobre as ervas que curam, mas que também matam. Aprendi que a terra e as ervas podem ser usadas para cicatrizar feridas, assim como as pedras rejuvenescem um guerreiro caído.

Todavia, meu sangue era o de um guerreiro, um caçador. Por isso, decidi me afastar dos pajés, e Flecha Dourada me advertiu:

— Flecha Certeira, na Criação, tudo tem o seu lugar. Não é preciso abandonar os pajés para ser um guerreiro, você pode ser os dois, basta lutar pelo que deseja e nunca desistir.

— Irmão, desejo ser um guerreiro de Tupã Maior, de Jaci e do Grande Espírito das Matas, mas os pajés dizem que não posso ser os dois.

— Se deseja ser um guerreiro, seja! Se deseja seguir os ensinamentos dos pajés, siga sem medo! Você pode ser o que quiser, irmão, mas precisa respeitar as leis que regem nosso povo. Quem disse que um pajé também não pode ser um guerreiro?

— Não conheço nenhum, Flecha Dourada. Você conhece?

— Sim, estou olhando para ele. Seguir as leis e respeitar os pajés não o impede de ser um guerreiro. Está em seu sangue! Você jamais perderá o instinto de caça. Nesta ou em outra vida, sempre será um guerreiro.

Flecha Dourada me abraçou e pediu que eu fosse feliz! Foi a última vez que o vi na carne. Ele saiu para caçar e não foi mais visto.

>>> → • ←<<<

Os dias se passaram e começamos a ficar preocupados com Flecha Dourada, pois já era tempo de ele voltar. Decidi pedir ao pajé que me liberasse para sair em busca de meu irmão.

— Flecha Certeira — respondeu o pajé —, Flecha Dourada está mais vivo que nunca, mas não está mais ao nosso alcance. Venha, preciso mostrar algo a você.

Sem entender muito bem as palavras do pajé, segui-o prontamente até sua oca. Lá, ele pegou diversas penas e começou a entoar um canto. Sentei-me e fiquei observando. Então, ele as distribuiu ao meu redor e me ofereceu um pouco de água. Enquanto bebia a água, senti que as penas começavam a flutuar à minha frente, libertando meu espírito para voar. "Como isso seria possível?", pensei.

Quando despertei, o pajé me disse:

— Assim como as águas e a Serpente Colorida, as penas sagradas também falam com você. Desperte o grande pajé, pois o guerreiro já vive em você! Não posso lhe ensinar mais que isso. Sua busca precisa começar. Vá com Tupã!

Ainda sem entender, levantei-me e saí da oca do pajé. Flecha Ligeira, os outros guerreiros e toda a tribo estavam diante de mim.

Jandiara, uma linda indígena que também desejava ser guerreira, mas que fora reprimida por quase toda a aldeia, exceto por mim, Flecha Ligeira e Flecha Dourada, correu para me abraçar e disse:

— As matas clamam por seu mais certeiro caçador! Venha, vamos encontrar Flecha Dourada!

Senti um frio na espinha e, naquele momento, entendi as palavras do pajé. As penas haviam sido mais uma iniciação. Flecha Dourada não estava mais encarnado, mas só o pajé e eu sabíamos. Retribuí o abraço de Jandiara e falei:

— Finalmente sou um pajé, mas também sou um guerreiro. Se as matas nos chamam, encontraremos Flecha Dourada!

Soltamos nosso grito de guerra e eu atirei uma flecha para o alto pela primeira vez, gesto que acabou se tornando minha marca na carne e no espírito.

Naquele instante, o pajé mais velho percebeu que toda a aldeia me enxergava como uma referência, assim como viam Flecha Ligeira. Embora me quisesse ao seu lado, o pajé sabia que, cedo ou tarde, Flecha Ligeira e eu lideraríamos a comunidade lado a lado.

O pajé nos abençoou e, em seguida, partimos em busca de Flecha Dourada.

FLECHA CERTEIRA

O caçador de almas

>>>→ • ←<<<

urante a busca por Flecha Dourada, Flecha Ligeira se aproximou de mim e indagou:

— O pajé disse que você já é um deles?

— Não com essas palavras, mas disse que minha busca precisava começar.

— Então, somente quando concluir sua busca, será um pajé!

— O problema é que não sei se quero concluir minha busca, pois temo o que me espera.

— Estaremos juntos, irmão, não tema!

Dividimos nosso grupo em duas frentes para que pudéssemos cobrir mais terreno. Meu instinto de caça estava mais alerta e meus sentidos, aguçados. Eu era capaz de ouvir os pássaros e as árvores, que me indicavam qual caminho seguir.

— Flecha Certeira, o que aconteceu na oca do pajé? — perguntou Jandiara. — Você está diferente...

— Jandiara, mesmo sem conseguir me lembrar, temo pelo que ouvi e vi.

— Como é possível temer algo que viu e não lembra?

— Confia em mim, Jandiara?

— Daria minha vida por você, por Flecha Ligeira e por Flecha Dourada, pois, se não fosse por vocês três, eu jamais estaria com meu arco e minhas flechas!

— Entenda: sinto algo que não sei explicar — confessou Flecha Certeira —, temo pelo que sinto, mas sei que, em breve, tudo será compreendido.

— Confio em você! Logo iremos descobrir o que você viu, mas não sabe se viu!

Ela seguiu andando mais rapidamente à minha frente, olhou para trás e sorriu de modo carinhoso. Também acelerei, e logo avistei um cenário que me fez tremer.

— Olhem! — exclamei, apontando. — O arco e as flechas de Flecha Dourada! Sinto cheiro de sangue... Vasculhem a área!

De nada adiantou. Nada encontramos.

— Se Flecha Dourada tiver sido abatido por inimigos ou por uma caça, onde está o corpo dele? — perguntei desesperado.

Cabisbaixos, ninguém falava nada. Meu amigo, Mata Virgem, aproximou-se e disse:

— Flecha Certeira, caso ele tenha sido abatido, o corpo pode ter sido arrastado para o rio...

— Flecha Ligeira, diga-me: existem tribos inimigas nos arredores? — questionei irritado.

— Sim, a três dias daqui... mas o que deseja com essa informação? Declarar uma guerra sem ter qualquer certeza? Foi isso que lhe ensinei? Foi isso que aprendeu comigo e com os pajés? Use seus instintos! Cante com a água e com as matas, liberte seu espírito!

Jandiara me abraçou, me deu um pouco de água, esperou que eu me acalmasse e disse:

— Levante-se, guerreiro! Lidere-nos! Precisamos do guerreiro que existe em você! Precisamos de nosso melhor caçador!

Jandiara estava tão perdida quanto todos os outros. Todavia, seu olhar austero e sua fibra moral me ajudaram a recobrar os instintos de caça.

Olhei à volta, em busca de sinais, como galhos quebrados que indicassem uma luta ou um ataque traiçoeiro; eu analisava cada detalhe, pois, mesmo depois de dias, meu instinto era diferenciado. Os outros guerreiros ficaram me observando, até que parei de procurar, sentei-me e comecei a ouvir os sons das matas e das águas dos rios. Logo, os espíritos das matas e das águas estavam ao nosso redor. Como eu podia vê-los e ouvi-los, perguntei por Flecha Dourada, mas não obtive resposta. Apenas agradeci, pois entendi que não podiam me responder; no entanto, deixaram uma pista, e todos olharam para o rio.

Levantei-me e corri na direção do rio. Procuramos por toda a margem, até que encontramos o corpo de meu irmão. O corpo tinha sido protegido, não fora alvo de animais famintos, mas já estava em processo de decomposição. Abracei Flecha Dourada e segurei o corpo dele, enquanto os outros traziam peles para envolvê-lo. Procurei por marcas de um possível ataque traiçoeiro, mas nada encontrei.

Por fim, entrei nas águas e Jandiara foi comigo. Na beira do rio, banhei-me. Com o corpo limpo, sentei-me, concentrei-me e agradeci aos espíritos. Logo, pude ouvi-los:

— É, realmente, um grande caçador de almas! Sem nada dizer, entendeu tudo. Agora, vá, caçador, retorne para os seus, pois seu irmão está vivo e o espera em outra vida.

Voltamos à tribo em silêncio.

⫸⫸⫸ → • ← ⫷⫷⫷

Assim que chegamos à aldeia, o pajé nos recebeu e disse:

— Flecha Dourada vive do outro lado da vida e continua a ser um guerreiro. O corpo dele receberá as honras de um guerreiro.

Afastei-me e deixei que preparassem os ritos fúnebres.

No dia seguinte, após o funeral, Flecha Ligeira me chamou:

— Flecha Certeira, preciso entender o que aconteceu com Flecha Dourada. Como sabia que o corpo dele estava na margem do rio? Como o corpo dele ainda estava lá? O que houve com ele? Consegue me dizer? Os espíritos revelaram algo a você?

— Não revelaram nada, nem onde estava o corpo dele, apenas olharam na direção do rio quando perguntei por ele. Assim, deduzi que devíamos começar a busca por lá. Não havia marcas de luta, mas havia sangue.

— Sangue dele? — questionou Flecha Ligeira.

— Não sei. Como disse, os espíritos nada revelaram.

— Flecha Dourada estava a um dia de nossa aldeia. Como sempre respeitamos essa distância, não consigo entender por que ele deixou as flechas e o arco e correu para o rio.

— Somente ele poderia nos dar essa resposta.

>>>→ • ←<<<

Os dias se passaram e perdi meu desejo de ser guerreiro e caçador. Voltei a ficar com os pajés e prossegui com minha jornada e minhas iniciações.

— Você nos disse que um dos espíritos o chamou de "caçador de almas". Sabe o porquê? — questionou o pajé mais velho.

— Não.

— Pois descobrirá em sua nova busca.

— Nova busca?

— O tempo não é seu aliado. Terá de esperar. Os sons das matas, dos rios, dos animais, das folhas e até do brado dos guerreiros emitem certa força, e é sobre essa força que você aprenderá, mas precisará se afastar de todos, inclusive de Flecha Ligeira e de Jandiara.

— Falarei com eles. Por quanto tempo, pajé?

— Depende de você. Pode levar alguns dias ou toda a sua vida. Como é um caçador de almas, não acredito que demore muito.

— Mas o que significa ser um caçador de almas?

— Tudo a seu tempo, caçador!

FLECHA CERTEIRA

Os sons da vida

>>>→ • ←<<<

Conversei com Flecha Ligeira e Jandiara sobre meu retiro. Chorando, ela me indagou:

— Está realmente disposto a ser um pajé?

— Meu sangue é de guerreiro, mas, com a morte de Flecha Dourada, preciso me recolher ao meu íntimo e entender quem e o que sou. Preciso aprender sobre os sons da vida.

— É nosso melhor guerreiro e nosso melhor caçador. Isso não basta?

Antes que eu pudesse responder, Jandiara correu para longe de mim e, quando pensei em ir atrás dela, fui contido por Flecha Ligeira:

— Deixe-a pensar um pouco. Ela tem sentimentos por você, Flecha Certeira, e sei que você também tem por ela. Explique-me: por que isso agora? Você tinha dito que já era um pajé!

— Sim, eu falei, mas não sabia que haveria outras iniciações. Em nossa última conversa, Flecha Dourada me disse que eu poderia ser um guerreiro e um pajé, bastava que fosse feliz e que respeitasse as leis de nosso povo. Contudo, ele não me ensinou como lidar com Jandiara. O que faço, Flecha Ligeira?

— Seja feliz e lute por seus objetivos! Provamos a todos que Jandiara poderia caçar e ser uma guerreira, ainda que isso fosse contra todos os nossos costumes, mas não quebramos qualquer regra de nossa aldeia. Jamais disseram que um guerreiro não pode conhecer a magia dos pajés; porém, os que não se adaptam à caça e à vida guerreira desejam se tornar pajés. No entanto, com você, que sempre foi um guerreiro, foi diferente, a magia foi ao seu encontro. Por isso, faço das palavras de Flecha Dourada as minhas: vá e seja um guerreiro e um pajé!

— Vou conversar com Jandiara. Depois, seguirei com os pajés e voltarei para vocês.

Abracei Flecha Ligeira fortemente e agradeci por todos os ensinamentos. Em seguida, fui atrás de Jandiara, que havia se afastado da aldeia. Kauane, uma das irmãs dela, segurou meu braço e perguntou:

— Flecha Certeira, está procurando por Jandiara?

— Sim, estou.

— Por favor, não a magoe mais! Ela tem medo de você se afastar dela.

— Por que eu faria isso?

— Sendo um pajé, o que ela pode esperar?

— Acima de tudo, sou um guerreiro! Se vou ou não aprender a magia dos pajés, somente Tupã sabe, mas meu coração e meu sangue são de um guerreiro!

— Ela foi para perto do lago, mas pediu que eu não dissesse a ninguém.

— Pequena Kauane, a sabedoria de vocês, jovens, me encanta! Agradeço por me contar e prometo não magoar Jandiara.

— Que Jaci e Iara estejam com vocês!

Fui direto para o lago à procura de Jandiara. Ela estava recostada em uma árvore, comendo alguns frutos.

— Posso me sentar ao seu lado? — indaguei em tom intimidador.

— Como dizer "não" ao futuro pajé de nossa tribo que aprenderá sobre os sons da vida? — rebateu ela, sorrindo ironicamente.

— Eu não serei o pajé da tribo. Vou aprender a magia dos pajés, mas minha felicidade está ao seu lado, ao lado dos caçadores e dos guerreiros de nosso povo.

Sem esperar tal resposta, ela ficou atônita e, depois de alguns segundos, perguntou:

— Como isso é possível? Nenhum pajé é um guerreiro!

— Você está olhando para o primeiro guerreiro-pajé de nossa tribo, mas, antes, aprenderei o que falta para ser um pajé por inteiro; depois, serei feliz ao seu lado, afinal, foi você quem me ensinou o primeiro som da vida, Jandiara!

— Eu? Como? Quando?

— Quando se afastou de mim e de Flecha Ligeira, pude ouvir seu choro. Naquele instante, aprendi que o choro de uma guerreira como você faz o coração de um guerreiro acelerar, dando mais sentido à vida! De que adianta ouvir os sons da natureza e dos espíritos se for incapaz de escutar o som de nossos corações? Agora, por exemplo, os dois estão acelerados, revelando o que meus sentidos já sabiam, mas eu não compreendia.

"Sim, também tenho sentimentos por você! Por isso, é importante que você entenda que preciso aprender as magias dos pajés, a fim de honrar todos os que depositaram a confiança em mim. Em nossa última conversa, Flecha Dourada afirmou que eu poderia ser um guerreiro e um pajé, desde que eu não quebrasse as leis de nosso povo. Flecha Ligeira me ensinou que os que procuram o caminho dos pajés não costumam ser guerreiros; porém, eu não busquei esse destino, eles vieram até mim. Não estou quebrando as regras."

— Não entendo... Nunca vi um guerreiro que também fosse um pajé, mas Flecha Ligeira e Flecha Dourada têm razão... você pode ser o que quiser, desde que seja com honra.

— Eu honrarei você, meus irmãos guerreiros, meu irmão do outro lado da vida e todos os que nos honram!

Ficamos abraçados por horas, ouvindo os sons à nossa volta, enquanto eu ensinava a Jandiara que todo som tem uma direção e um motivo. Os sons da natureza podem revelar desde a presença de uma caça até a localização de inimigos. Pretendia ajudá-la a aguçar os sentidos.

Passamos a noite juntos, e Jaci nos abençoou com todo o seu esplendor. Enquanto Jandiara dormia em meus braços, pude perceber vários espíritos das matas e das águas cantando o som da vida. Pareciam nos olhar e nos abençoar. Foi uma noite linda, da qual me recordo até hoje.

〉〉〉→ • ←〈〈〈

Ao amanhecer, olhamos um para o outro e sorrimos como duas crianças. Fomos ao rio nos banhar e pescar um pouco. Depois, voltamos para a aldeia.

Enquanto eu me preparava para encontrar os pajés, Jandiara e Flecha Ligeira ficaram ao meu lado. De repente, Mata Virgem, meu amigo de infância, se aproximou e perguntou:

— Está certo de que será um pajé?

— Sou um guerreiro, meu amigo, e jamais deixarei de sê-lo. No entanto, preciso seguir minha intuição e a vontade de Tupã. Se ele me concedeu os dons que trago comigo, é por algum motivo, pois sinto o chamado das magias dos pajés. Entretanto, saiba que meu coração está ao lado dos guerreiros!

— Sendo assim, dê-me um abraço. Aguardo o seu retorno!

No caminho para a oca do pajé, vários guerreiros da aldeia nos acompanharam.

Assim que lá chegamos e o pajé nos avistou, ele se levantou, mas permaneceu em silêncio, nos encarando. Comecei a ouvir meu nome em minha cabeça e entendi que o pajé tentava se comunicar comigo, mas imóvel. Como isso seria possível?

Ajoelhei-me e disse a todos:

— O pajé está falando com o mundo espiritual, vamos manter o silêncio!

Fechei os olhos e comecei a me concentrar. Senti meu corpo se levantando, sem que eu me mexesse, e, então, avistei-o de joelhos ao lado de uma luz imensa.

— Pajé Itaçu, está tudo bem? — questionei intrigado.

— Sim, está tudo bem, caçador de almas! Ajoelhe-se perante o Grande Espírito! Senti o chamado dele, que desejava saber quem era o caçador de almas. Não foi preciso dizer nada, pois você está aqui.

Percebi que estávamos em um lugar diferente.

— Nossos espíritos estão aqui, mas nossos corpos, não. Foi o que aconteceu comigo quando fui iniciado nas penas sagradas em sua oca?

— Sim, Flecha Certeira! Você também tem o dom de levitar o espírito.

Ajoelhei-me perante o Grande Espírito e ouvi uma voz firme em minha mente:

— Flecha Certeira, os sons da vida estão ao seu alcance. Tudo o que emite um som tem poder na Criação de Nhanderu, Tupã e Jaci; mesmo sua voz, quando emite um som, tem poder. Aprenda os sons da vida e use-os com sabedoria. Um único brado pode desencadear uma magia poderosíssima! Agora, vá, caçador de almas!

Abri os olhos e vislumbrei o pajé despertando quase no mesmo instante que eu. Ele me olhou e disse:

— Vamos, Flecha Certeira, os sons da vida o aguardam!

Abracei Jandiara com muito amor e carinho, e, apenas com meu olhar, ela entendeu que eu voltaria para ela. Então, as irmãs mais novas dela também a abraçaram enquanto me olhavam. Em seguida, a mais jovem se virou para Jandiara e disse:

— Irmã, ele voltará e nos libertará!

— Libertará do quê, minha irmã?

— Não sei explicar, mas sinto que nosso destino está nas mãos de Flecha Certeira.

Sem nada dizer, olhei para todos, e eles entenderam que eu voltaria em breve.

Antes de partir, pedi a Flecha Ligeira:

— Cuide de todos, logo estarei de volta para ficar ao seu lado.

— Flecha Certeira, a honra de ficar ao seu lado será minha. Vá e volte logo, guerreiro!

Despedi-me de Jandiara com mais um abraço.

— Guerreira, em breve, estarei com você!

— Vá, guerreiro! Volte logo para caçarmos juntos!

Afastei-me e, olhando nos olhos dela, pude ver o brilho de Jaci. Compreendi, naquele instante, que deveria ser rápido em meus aprendizados para voltar logo para Jandiara.

A trilha de aprendizagem com os pajés seria arduamente percorrida e conquistada. Requeria muita disciplina, concentração e abdicação, pois entender os ensinamentos dos espíritos não era um jogo ou uma brincadeira. Seria necessário abdicar e compreender que nem tudo pode ser dito ou revelado.

Tupã me agraciou com dons que nunca almejei, uma vez que jamais pensei em ser um pajé. Entretanto, tudo o que fazia me levava ao encontro deles.

Ao entrar na oca do Pajé Itaçu, outros pajés me esperavam e sorriram calados. Pajé Itaçu quebrou o silêncio:

— Amanhã pela manhã, você irá com Tamandaré até as águas sagradas e lá permanecerá até que eu ou outro pajé vá ao seu encontro. Passaremos a noite aqui. Está com fome?

— Não, pajé! Anseio pelo dia de amanhã! — respondi, sorrindo.

FLECHA CERTEIRA

Nas águas com Tamandaré

Antes do amanhecer, Pajé Tamandaré me acordou:
— Vamos, Flecha Certeira. Sairemos antes de a tribo acordar.

Levantei-me na intenção de pegar meu arco e minhas flechas, mas fui advertido:

— Deixe seu arco e flecha. As águas sagradas não necessitam de armas.

A contragosto, obedeci a ordem do pajé e seguimos juntos rumo às águas.

— Flecha Certeira, os sons das águas têm muitos significados, pois cada som promove uma vibração e tudo na Criação contém uma vibração. O sopro de Tupã é uma grande vibração! As águas promovem a purificação, fertilizam a terra e saciam a sede de toda a Criação. As águas já o acolheram, mas você precisa aprender sobre os sons delas. A chuva, a queda d'água, a correnteza do rio e até o lago silencioso possuem o próprio som, e cada um tem seu significado.

— Entendi, Pajé Tamandaré! A água, por si só, já tem o seu poder, seja para lavar, saciar a sede, fertilizar ou, juntamente com as ervas, ser o remédio necessário a um irmão. As águas são a vida dentro e fora dela. Ao me banhar na grande queda, sinto meu corpo rejuvenescer, isso é uma ação da vibração da água, porque ela também tem vida, e toda a vida tem o seu som na Criação de Tupã e de Jaci. Cada som traz a própria vibração, além do poder das águas sagradas.

— Está correto, Flecha Certeira. Itaçu mencionou que você aprende rapidamente, mas não imaginei que seria tão rápido! Venha, vamos nos sentar e ouvir os sons das águas.

Ficamos sentados por horas ouvindo os sons das águas e, em minha jornada, à medida que decifrava as diferenças entre eles, descrevia minhas considerações ao Pajé Tamandaré, que ora me corrigia ora assentia e me encorajava com a cabeça. Consegui até ouvir os peixes nadando nos lagos silenciosos e perceber, facilmente, quando eles pressentiam a aproximação perigosa de uma ave.

O Pajé Tamandaré foi um dos responsáveis por minha caminhada na Terra. Foram dias de muito aprendizado com ele. Sinto-me orgulhoso de tê-lo como um de meus pajés, pois, sem ele a me guiar pelas águas sagradas, eu jamais me tornaria o que sou hoje na espiritualidade.

Quando ele achou que era o suficiente, disse:

— Flecha Certeira, não posso lhe ensinar mais nada. É preciso que inicie sua própria jornada. De minha parte, entendi e aceito que você não deseja ser um pajé, pois é um guerreiro. Porém, Tupã nos enviou um guerreiro apto a aprender a magia dos pajés, e isso tem um significado. Assim que tivermos as respostas, muito me honrará estar ao seu lado.

— Pajé Tamandaré, não sei qual é o propósito dos dons que Tupã me concedeu, mas guardarei a lei do silêncio, como o senhor pediu, e serei o guerreiro protetor das magias, assim como o senhor me ensinou.

— Iara e os espíritos das águas o acolhem, Flecha Certeira. É digno dos sons das águas! Agora, fique aqui, que outro pajé virá buscá-lo.

Enquanto olhava o Pajé Tamandaré se afastar, pude notar que os espíritos das águas nos observavam, mas, aos poucos, eles também foram sumindo de minha visão.

Quando a Umbanda estava começando a se concretizar no plano material, tive a honra de ser um dos guerreiros do Pajé Tamandaré na casa onde ele comandava com sua médium.

⁕

Esperei por horas até que outro pajé viesse ao meu encontro. Impaciente, tentei levitar o espírito, mas não consegui. Passei a noite inteira esperando e, pouco antes do amanhecer, peguei no sono.

Ao amanhecer, fui despertado por outro pajé.

— Pajé Mata Real! — cumprimentei-o respeitosamente.

— Vejo que ficou surpreso com minha presença, Flecha Certeira.

— Sim, senhor. Não esperava que fosse o senhor, mas já estou pronto para continuar meus aprendizados.

— Acalme-se! Trouxe carne, peixe e frutos. Antes, vamos comer um pouco.

Sentados à beira do rio, pude saciar minha fome, mas meu anseio verdadeiro era terminar logo a busca com os pajés e voltar para a aldeia.

FLECHA CERTEIRA

Mata adentro

>>> → • ← <<<

— amandaré me disse que você aprende rápido. Vamos ver! Então, a partir de agora, desconsidere o som das águas e comece a ouvir o som das matas.

— Seria mais fácil se nos afastássemos das águas, pajé.

— É por isso que ficaremos aqui. Um pajé é capaz de separar todos os sons sem se afastar de nada. Um verdadeiro pajé liberta o espírito e ouve o que precisa. Vamos, liberte seu espírito!

— Pajé Mata Real, com todo o respeito, não quero ser um "verdadeiro pajé". Só estou aqui porque o Pajé Itaçu insistiu em meu aprendizado. Sou um guerreiro de Tupã e de Jaci, não almejo nada além disso! Ainda assim, farei o possível para não o decepcionar.

— Não esperava outra postura de você, Flecha Certeira! Agora, ouça somente as matas.

Apesar de muito austero, o Pajé Mata Real era um verdadeiro amigo. Sentei-me ao lado do rio e, por horas, tentei separar os sons, sem êxito. Não caberia desistir, pois um guerreiro não descansa até conseguir a caça, e, naquele momento, minha caçada tinha como objetivo separar os sons das águas e das matas.

Continuei tentando, inutilmente, por dois dias. Durante esse tempo, o Pajé Mata Real permaneceu sentado, observando tudo à nossa volta, rindo e me provocando:

— Guerreiro, vamos ficar aqui para sempre?

Enquanto ele aparentava me distrair e me irritar, seu verdadeiro intuito era me estimular. Portanto, assim que Mata Real percebeu minha exaustão, disse:

— Pare de se concentrar, Flecha Certeira. Essa é sua primeira lição: quando estiver exaurido, sem conseguir alcançar o objetivo, pare e descanse um pouco. A mente controla o corpo; já o espírito é livre, mas fica preso na carne. Embora seja iniciado nas penas sagradas, você ainda não consegue se concentrar o suficiente para separar os sons.

"Entenda, você faz parte das águas, das matas, do fogo e do sopro de Tupã. Até a terra e as pedras que uivam têm vibração e são vivas. Todas as vibrações doam energia para nós, mas precisamos estar abertos para recebê-la. Você se esforçou tanto em separar os sons, que sequer consegue sentir a vibração da terra em que está sentado. Sim, é preciso ter foco e traçar um objetivo, entretanto, quando nosso corpo pede repouso, até mesmo guerreiros como você precisam descansar. Sei que almeja voltar para a tribo e reencontrar Jandiara, Flecha Ligeira, Mata Virgem, Pena Dourada e todos os outros, mas está há mais de um dia sem dormir e, se não descansar o corpo, não aprenderá o que preciso lhe transmitir. Agora, descanse, guerreiro!"

— Não entendo, se o espírito é livre, por que o corpo precisa estar descansado? — questionei contrariado.

— Tupã deu o sopro da vida para que o corpo carregue o espírito, e é no corpo que você aprende a entendê-lo, lembre-se disso. Se o corpo responde às vibrações, com o espírito não é diferente. Na verdade, o espírito reage às vibrações com ainda mais intensidade.

— Entendi, pajé! Realmente, preciso descansar um pouco.

Fui até o rio, pedi licença para me banhar, e não consegui mais ver ou ouvir os espíritos das águas. Sentia-me muito cansado! Após o banho, comi um pouco e dormi por algumas horas, sempre com o Pajé Mata Real velando meu sono.

Quando acordei, cumprimentei o pajé e voltei ao rio para me banhar novamente. Então, pude ouvir o canto de Iara. Como é lindo o canto das águas! Retornei e disse ao Pajé Mata Real:

— Pajé, aprendi que devemos respeitar os limites de nosso corpo e de nossa mente. Acabei de escutar o canto de Iara! Agora, estou certo de que conseguirei ouvir o som das matas. Sou um guerreiro de Tupã e de Jaci, além disso, os pajés de minha tribo confiam em mim, e não os decepcionarei!

— Acalme-se, guerreiro! A pressa e a ansiedade são inimigas dos guerreiros e dos pajés. Tudo a seu tempo! Sente-se, separe os sons e me diga o primeiro som das matas que ouve.

Primeiramente, agradeci às águas por estarem ao meu lado e, aos poucos, em vez de lutar contra o som delas, deixei que fluíssem livremente. Logo, ouvi o primeiro som: uma ave de rapina... como era maravilhoso seu canto de caça! Antes, na angústia de tentar separar os sons, fui incapaz de notar o som das aves. Animado, sorri para o pajé e comentei:

— Pajé Mata Real, o canto da ave que caça é libertador! Sinto até o bater das asas dela.

— Realmente, você é um caçador de almas, como Itaçu afirmou. É um dos únicos que, em pouco tempo, compreendeu que a água flui por você. Venha, sigamos mata adentro!

Caminhamos até o sol estar à pino.

Dentro da mata, nos ajoelhamos e pedimos licença ao Grande Espírito das Matas. Então, observei o Pajé Mata Real sentado, conversando com as folhas, a terra e as árvores. Enquanto sentia o som das matas, com um brilho no olhar, ele sorria e chorava.

— Flecha Certeira, concentre-se e sinta as folhas... ouça o vento por meio delas.

Naquele momento, pude ouvir, além dos sons das folhas, das aves e dos animais, sons que todos podem ouvir, o som do vento falando por intermédio das folhas, como se tivesse vida e quisesse se comunicar conosco. De repente, ouvi algo que não gostaria: gritos de desespero!

Pajé Mata Real, que também escutou, olhou para mim e disse:

— Vá, guerreiro! Nossa aldeia está sendo atacada!

— Pajé, pensei que meus sentidos estivessem atordoados, pois ouvi Jandiara me chamar.

— Vá logo e ajude nossos irmãos! Irei em seguida.

FLECHA CERTEIRA

O adeus a Flecha Ligeira

>>>→ • ←<<<

nquanto corria, tentei, inutilmente, continuar ouvindo o som das folhas, mas o desespero tomou conta de meu corpo e de minha mente. Diante daquela situação, não conseguia ouvir mais nada. Segui na direção da aldeia, com atenção e cuidado redobrados, pois, se nosso povo estava sendo atacado, eu precisava surpreender os invasores.

Como havia deixado meu arco e flecha na oca do pajé, improvisei alguns tacapes curtos e finos com galhos que mais pareciam pequenas lanças.

Ao me aproximar, deparei-me com alguns irmãos e irmãs amarrados. Pajé Itaçu estava sangrando e Jandiara tinha sido amarrada juntamente com as irmãs e os pais. Apesar de consumido pela raiva, eu precisava ser bastante cauteloso.

Visualmente, não consegui vislumbrar Flecha Ligeira e os demais. Onde estavam? Quem nos atacava? Com muito cuidado, permaneci observando, até que o inimigo apareceu: tratava-se de uma tribo inimiga. Havia várias luas, tínhamos selado a paz. Por que nos atacavam agora? Dei a volta na aldeia e encontrei outros irmãos amarrados. Com eles, estava Flecha Ligeira, ferido.

Consegui um arco e algumas flechas. Enquanto isso, o Pajé Mata Real me alcançou e falou:

— Parece que somos só nós dois. Sou velho, não poderei ajudar muito.

— Pajé, não imagino como resolver isso! O senhor consegue libertar o espírito e avisar os guerreiros que estamos aqui?

— Eles teriam de estar abertos a receber nossas mensagens. Contudo, mesmo abertos, precisariam ter o dom de ouvir. Tentarei falar com os outros pajés, e eles avisam os guerreiros.

— Sim, senhor! Esconda-se e tente falar com eles, enquanto vou agir. Que Tupã nos ajude a libertar nossos irmãos e nossas irmãs!

— Vá, guerreiro! Não imagino outro guerreiro que seja capaz de libertá-los!

Pajé Mata Real conseguiu se comunicar com os pajés Itaçu e Tamandaré, ambos feridos, mas com as mentes intactas. Jandiara suspirou aliviada ao saber que estávamos ali e meu amigo, Mata Virgem, tentou distrair os inimigos para que eu agisse.

Percebi que o objetivo da invasão era escravizar nossos irmãos e irmãs. Esperei, cuidadosamente, até que pude atacar e desferir um golpe na cabeça de um dos inimigos, ele caiu e eu o amarrei e amordacei. Então, consegui me aproximar de Flecha Ligeira, que estava com Lua Grande e Itaguaraçu, e soltei-os, mas fiz sinal para que permanecessem quietos, fingindo estarem amarrados.

— Se possível, não mate ninguém — pediu Flecha Ligeira. — Não sabemos se é uma ação de toda a aldeia ou de apenas um grupo de guerreiros.

Assenti com a cabeça. Flecha Ligeira sempre foi muito pacífico, aprendi isso com ele. Ele merecia ser nosso cacique.

Perdido em pensamentos, voltei para meus irmãos do outro lado da aldeia. Quando cheguei, porém, vi Jandiara e os outros sendo arrastados; não pude me conter e, com meu grito de guerra, fiz com que os inimigos voltassem a atenção para um ataque surpresa.

    Atirei uma flecha para o alto e ela caiu bem no centro da aldeia. Rapidamente, os inimigos começaram a me procurar. Afastei-me e fui acertando um a um na altura das pernas, a fim de poupar suas vidas, conforme Flecha Ligeira havia pedido. Afinal, como meu nome descreve, minha mira é certeira!

    Um de nossos inimigos retornou para perto de meus irmãos, ergueu o tacape e acertou um deles covardemente. Aquele grito de dor me congelou! Ainda pude ver Jandiara chorando e implorando pela vida de nosso irmão. Quando o inimigo reergueu a mão para acertá-lo de novo, lancei minha flecha, que perfurou o braço dele, fazendo-o se afastar. Mais uma vez, dei meu grito de guerra. Em seguida, libertei Jandiara, que soltou os demais enquanto eu fiquei de guarda.

    Após todos serem soltos, voltamos para onde Flecha Ligeira, Lua Grande, Itaguaraçu e os outros irmãos estavam lutando. Lado a lado com Jandiara e Mata Virgem, soltamos nossos gritos de guerra e começamos a atirar flechas, atingindo as pernas de nossos algozes.

    Conseguimos retomar o domínio de nossas terras, mas, infelizmente, perdemos alguns irmãos. Diante daquela cena, eu só pensava em guerra e em vingança. Entretanto, fui advertido por Flecha Ligeira:

— Acalme-se! Uma guerra só traria mais mortes e mais tristeza. Agora, precisamos cuidar dos feridos e devolver esses intrusos à tribo deles.

    Pajé Itaçu ratificou:

— Antes, precisamos cuidar de todos vocês, pois alguns estão feridos. Veja, Flecha Ligeira, seu sangue está escuro e seus olhos estão perdendo o brilho!

Minha ira não permitiu que eu enxergasse como Flecha Ligeira estava ferido. Então, pedi perdão a ele e levei-o até a oca dos pajés para ser cuidado por eles.

Ao sair da oca, vi todos os nossos inimigos amarrados.

— Como soube que estávamos sendo atacados? — perguntou Mata Virgem.

— Gritei seu nome várias vezes, mesmo acreditando que não ouviria. Você ouviu? — indagou Jandiara.

— Pajé Mata Real ordenou que eu viesse até vocês, pois um ataque estava acontecendo — respondi. — Meus sentidos não são como os dos pajés; sou um guerreiro como vocês.

Pajé Mata Real, que estava próximo a nós, me encarou e disse:

— Seus sentidos são iguais, ou até mais aguçados que os nossos. Nunca vi um guerreiro ou um pajé aprender tão rápido quanto você, Flecha Certeira! Você imaginou que seus pensamentos o estivessem enganando, não confiou em você mesmo. Não menospreze o que é seu, guerreiro! Você me olhou tão aflito, assim como fiquei quando percebi o ataque.

— Sim, Pajé Mata Real, não estou menosprezando, é que...

— Você e Mata Virgem, preparem-se para devolver nossos inimigos — interrompeu-me o pajé. — Amanhã pela manhã, reúna outros guerreiros para nos acompanhar. Iremos juntos, pois desejo olhar nos olhos do cacique que quebrou nossa paz.

— Pajé Mata Real, permita que partamos assim que Flecha Ligeira estiver restabelecido.

Ele assentiu com a cabeça.

>>>→ • ←<<<

Mais tarde, decidi interrogar nossos inimigos para descobrir o motivo daquele ataque, mas eles, envergonhados com a derrota, permaneceram em silêncio.

Meu treinamento com o Pajé Mata Real fora interrompido por uma boa razão. Novamente, comecei a me concentrar para tentar ouvir meus irmãos, os inimigos ou os pajés dentro da oca, mas foi em vão. Por que, então, tinha ouvido Jandiara? Meus pensamentos foram interrompidos pelo chamado do Pajé Itaçu.

— Flecha Certeira, Flecha Ligeira precisa falar com você.

Fui correndo até a oca para conversar com ele:

— Como você está?

— Flecha Certeira, confio nossa tribo a você. O Grande Espírito das Matas me chama para caçar em seu reino.

— Não diga isso! Você assumirá nossa aldeia e eu terei a honra de estar ao lado do cacique que me criou!

— Meu tempo está chegando ao fim, sinto meu corpo enfraquecer e o sangue não para de jorrar. Deixe-me falar, por favor! Seja feliz! Seja o guerreiro em quem todos se inspiram e o pajé de que a tribo precisa! Ao lado de Jandiara, seja o guerreiro que vai liderar nosso povo! Conversei com o Pajé Itaçu e, se Tupã nos enviou um guerreiro-pajé ou um pajé-guerreiro, deve ter um bom motivo. Você é livre, Flecha Certeira, mas honre seus ancestrais! Honre os pajés e os caciques que já viveram em nossa aldeia, e não se perca em seus pensamentos!

— Pare com isso, você vai melhorar!

Mesmo vendo o brilho dos olhos dele se apagar, eu me recusava a acreditar, mas o fato é que ele havia sido ferido mortalmente. Sua passagem era uma questão de horas ou minutos.

Jandiara, a mando do Pajé Itaçu, entrou na oca e se sentou ao nosso lado.

— Jandiara, tome conta de Flecha Certeira! Flecha Certeira, tome conta de Jandiara! Foi uma honra viver com vocês nesta época! Agora, por favor, levem-me até o rio, pois quero partir perto de Iara.

Com lágrimas nos olhos, chamei os outros guerreiros e, juntos, fizemos uma cama de galhos para levar Flecha Ligeira até o rio. Os pajés nos acompanharam.

No rio, Flecha Ligeira levantou-se com dificuldade, agradeceu a Iara por cuidar de sua vida e por guiar seus passos, pela vida que teve em nossa tribo e por poder zelar por mim e por Flecha Dourada quando crianças.

Logo, Flecha Ligeira me abraçou, deitou-se e ficou admirando o rio. Aos poucos, seus olhos foram perdendo o brilho e se fechando vagarosamente. Pude notar que o canto triste de Iara havia alertado os espíritos das águas que, aos poucos, foram se aproximando. Um deles se aproximou de mim e disse:

— Caçador de almas, deixe-o partir, ele não pertence mais a seu mundo!

Peguei meu arco, atirei uma flecha para o alto e soltei meu grito de guerra; Jandiara e meus irmãos se uniram a mim, fazendo o mesmo.

Os olhos de Flecha Ligeira, já sem brilho, se fecharam, dando adeus ao nosso povo. Abracei meu primo e disse em voz alta:

— Encontre Flecha Dourada! Quando eu partir, caçaremos juntos novamente. Adeus, Flecha Ligeira!

Jandiara me abraçou e, juntos, choramos a despedida de Flecha Ligeira.

Mata Virgem e os outros guerreiros envolveram o corpo de meu primo em peles e iniciaram os preparativos fúnebres junto com os pajés.

FLECHA CERTEIRA

Aldeia inimiga

>>>→ • ←<<<

or três dias, choramos a partida de Flecha Ligeira, mas logo meus pensamentos se voltaram para nossos inimigos. Afinal, precisávamos entregá-los à aldeia de origem deles e torcer por justiça... ou, talvez, esperar por uma guerra.

Pajé Itaçu recomendou o máximo de cautela para que não fôssemos presos, pois não sabíamos se aqueles indígenas tinham agido por conta própria ou estavam a mando de alguém. Deveríamos, então, tentar manter a paz, como era o desejo de Flecha Ligeira.

Mata Virgem, Itaguaraçu, Lua Grande, Jandiara — contra a minha vontade —, eu e os demais guerreiros, acompanhados pelo Pajé Mata Real, caminhamos por quatro dias até chegarmos à aldeia inimiga.

De longe, conseguimos avistar o povo da região, que parecia estar em paz; não usava pinturas de guerra, tampouco estava se preparando para uma batalha.

Jandiara e eu ficamos distantes o suficiente para atirarmos nossas flechas, enquanto Pajé Mata Real anunciava nossa chegada. Logo, todos estavam cercados por vários guerreiros, mas o pajé, protegido por Mata Virgem e Lua Grande, falou:

— Viemos em paz! Sou o Pajé Mata Real! Fomos atacados por esses indivíduos que tiraram a vida de guerreiros valiosos para nós e amarraram e feriram nossos irmãos e irmãs. Se não fosse a intervenção de um de nossos guerreiros, que agiu sem tirar a vida de seus irmãos, todos seríamos amarrados e arrastados... sabe Tupã para onde!

O cacique da tribo se aproximou e, encarando o pajé e os guerreiros amarrados e feridos, questionou:

— Suas terras foram invadidas ou vocês invadiram as nossas, ferindo nossos guerreiros?

— Cacique, se quiséssemos guerra, não estaríamos aqui, desprotegidos, diante de vocês — respondeu o pajé.

Subitamente, todos ficaram em silêncio. Preparei, então, minha flecha, mirando bem no peito do cacique deles. Graças a Tupã, porém, não foi preciso, pois ele ordenou que prendessem os guerreiros amarrados, direcionando-se ao pajé em seguida:

— Como agiram sem ordens minhas ou de nossos pajés, receberão o castigo merecido. A palavra que dei ao Pajé Mata Virgem e a Flecha Ligeira será honrada. Por que eles não vieram?

— Pajé Mata Virgem está com os ancestrais há três primaveras. Flecha Ligeira foi ferido mortalmente por seus guerreiros, também retornando para os ancestrais.

— Lamento saber! Flecha Ligeira foi um guerreiro honrado, que não gostava de guerras. Vão em paz! Meus guerreiros não atacarão vocês.

— Muito obrigado, grande cacique! Mantivemos nossa palavra, não tiramos a vida de seus guerreiros, e esperamos que a paz seja duradoura entre nossa gente.

Em seguida, o Pajé Mata Real se virou e saiu da aldeia, dando as costas para o inimigo, enquanto meus irmãos saíam de frente, protegendo-o. Ao nos encontrar, ele falou:

— Não confio no cacique, mas ele não renegaria a palavra diante de toda a tribo. Assim que voltarmos para a aldeia, nos distanciaremos o máximo possível das terras deles.

※※→ • ←※※

Andamos um dia e uma noite inteira até podermos descansar um pouco. Enquanto Pajé Mata Real repousava e os outros vigiavam as redondezas, fui caçar algo para comermos.

Depois de descansar e comer, Pajé Mata Real disse:

— Em meus sonhos, tive uma visão: o cacique não sabia de nada. Contudo, existe um traidor entre eles. Vamos, esse desfecho não pertence a nós. Precisamos redobrar as defesas e, se possível, mudar a aldeia para um lugar mais seguro. Lua Grande, vá na frente e avise ao Pajé Itaçu. Assim que chegarmos, mudaremos o mais rápido possível.

Ninguém de nossa tribo corria mais rápido que Lua Grande! Eu mesmo, nunca consegui superá-lo. Ele dizia que meus dons eram suficientes — eu era um exímio caçador e ouvia e via os espíritos —, correr mais que ele, não! Sempre ríamos de seus comentários.

Após longo silêncio, perguntei ao pajé:

— O cacique inimigo conheceu Pajé Mata Virgem e Flecha Ligeira quando estavam em guerra?

— Sim. Os três declararam a paz. Você, Mata Virgem, Jandiara, Lua Grande e Itaguaraçu eram muito jovens...

— Não me lembro do Pajé Mata Virgem; ele devia ser muito sábio! — disse Jandiara.

— Vocês eram jovens, mas devem saber que Pajé Mata Virgem foi um dos grandes responsáveis pela ordem em nossa aldeia. Agora, junto dos ancestrais, ele deve estar cuidando de todos nós.

— É uma grande honra carregar o nome de um grande pajé! — comentou Mata Virgem.

— Seu pai lhe deu esse nome para homenageá-lo.

— O senhor também conheceu meus pais, Pajé Mata Real?

— Sim, Flecha Certeira. Muito me orgulho de tê-los conhecido! Tenho a certeza de que, junto com seus ancestrais, Flecha Dourada e Flecha Ligeira, eles se orgulham do grande guerreiro-pajé que está se tornando.

Continuamos nossa jornada de volta à aldeia. Certamente, Lua Grande já tinha chegado e estava nos aguardando. Caminhar com o Pajé Mata Real e ouvir suas histórias foi um acalanto para meu coração, que ainda chorava por Flecha Ligeira e por Flecha Dourada, já que os dois partiram para a grande caçada em um curto espaço de tempo.

Jandiara sorria, me abraçava e tentava me distrair de meus pensamentos. Eu apenas sorria, e ela entendia a minha dor.

FLECHA CERTEIRA

De volta à nossa aldeia

>>>→ • ←<<<

Quando avistamos a aldeia, demos nosso grito de guerra, que foi prontamente respondido por Lua Grande e os outros irmãos.

Pajé Itaçu, ao lado do Pajé Tamandaré, nos recebeu.

— Mata Real! Guerreiros! Sejam bem-vindos de volta! Descansem hoje, pois já estamos prontos para encontrar outro lugar para nosso povo.

— Itaçu, tive uma visão na qual o povo da aldeia inimiga estava em guerra entre si, e não demorará até que essa guerra nos atinja. Por isso, devemos partir o mais rápido possível! — alertou o Pajé Mata Real.

Os três se recolheram na oca para conversar, enquanto fomos recebidos pela aldeia e pelas irmãs mais jovens de Jandiara, que a rodearam. A mais nova queria saber de tudo:

— Jandiara, como foi ficar ao lado de Flecha Certeira e dos outros na aldeia inimiga?

— Acalme-se, minha irmã! Vou contar tudo.

Elas seguraram Jandiara pelas mãos e a levaram para a oca, a fim de ouvir toda a história.

Todos foram recebidos pelos irmãos de sangue, pais, mães, primos e primas. Aos poucos, me vi sozinho e segui em direção à minha oca, pois precisava desmontá-la para a mudança.

Ao entrar nela, avistei os arcos de Flecha Dourada e de Flecha Ligeira. Imediatamente, comecei a recordar de minha infância, das competições de pesca com Flecha Dourada e dos ensinamentos de Flecha Ligeira. Desmontei os dois arcos e fiz um novo, usando os dois, para mim. "Agora, vocês caminham comigo. Usarei esse arco em homenagem a vocês! Que o Grande Espírito das Matas nos proteja!", disse a mim mesmo.

Enquanto recolhia as peles e as amarrava para a viagem, fui surpreendido por Jandiara:

— Posso entrar?

— Claro! Mas você não prefere ficar com sua família?

— Já abracei todos, e você também é minha família, somos um só! Vim ajudá-lo. Depois, passaremos a noite juntos.

Terminamos de amarrar as peles e deixamos quase tudo pronto para a viagem. Em seguida, deitamos e ficamos horas conversando sobre o futuro:

— Não sei como será daqui para a frente, Jandiara, se travaremos uma guerra... se teremos paz... se encontraremos outro local para nosso povo... Meus ancestrais partiram para a outra vida e não tenho ninguém além de você, os pajés e os guerreiros. Não concluí meu aprendizado com o Pajé Mata Real, nem sei se isto será possível com essa nova situação, mas sei de uma coisa: nada faz sentido sem você!

— Eu sempre o amei! Sentia gratidão por Flecha Ligeira e por Flecha Dourada terem me apoiado a receber meu arco. Você, porém, me ensinou o som da vida, o mesmo som que ouço agora, guerreiro! Meu coração acelera ao seu lado! Sei que seu coração está partido, mas sinto o mesmo vindo dele.

— Sim, ele acelera ao seu lado!

Queria que aquela noite não tivesse fim, pois, naquela oca, esqueci minha dor e encontrei paz nos braços de Jandiara.

⋙→ • ←⋘

Ao amanhecer, os pajés reuniram toda a aldeia e o Pajé Itaçu começou a falar:

— Filhos, filhas, irmãos e irmãs, partiremos para uma nova jornada e, para isso, precisamos de um cacique, já que Pedra Vermelha partiu para a outra vida e Flecha Ligeira, que seria nosso escolhido por sua sabedoria e coragem, também se foi. Por isso, nós, os pajés, pedimos que vocês decidam junto conosco quem nos guiará nessa jornada.

Todos permaneceram em silêncio, não queriam se comprometer, pois sabiam das inúmeras responsabilidades de um cacique. Além de guiar a tribo, ele deveria organizar, caçar, proteger e dar a própria vida, caso necessário. Também duvidavam da necessidade de um novo cacique; havia muito, vivíamos como iguais, nos apoiávamos uns aos outros e aprendemos a conviver somente com as ordens dos pajés. Essa escolha nos uniria ou nos separaria?

Calado, acompanhei os murmúrios. Os guerreiros se entreolhavam, as mulheres fitavam os guerreiros e imaginavam quem seria o novo cacique, enquanto as crianças permaneciam atentas e curiosas, sequer piscavam.

Lua Grande, ao lado de Itaguaraçu, quebrou o silêncio:

— Pajé Itaçu, sabemos que nossa jornada será extensa e que os senhores já têm um nome em mente. O que vocês, pajés, decidirem, aceitaremos. Quem indicam?

FLECHA CERTEIRA

O novo cacique

>>> • <<<

— Lua Grande — falou Pajé Tamandaré com austeridade —, todos vocês são guerreiros hábeis e cada um possui um dom único, mas sozinhos não se destacam. Todos têm condição de ser um cacique! Nosso escolhido seria Flecha Ligeira, mas com a partida dele para a outra vida, não temos um nome em mente. Desde a partida de Pedra Vermelha para a grande caçada junto ao Grande Espírito das Matas, temos observado vocês, e todos merecem o título de cacique. No entanto, um deve ser escolhido! Não queremos perder esse sentimento de união entre vocês. Desse modo, o novo cacique deverá nos unir cada vez mais e manter o sentimento de irmandade entre nosso povo.

— Perdoe-me, Pajé Tamandaré — contestou Lua Grande —, mas há, sim, um guerreiro entre nós que se destaca. É nosso melhor caçador e a estatura dele é maior que a nossa... só não corre mais que eu! Por isso, indico Flecha Certeira para ser nosso cacique. Assim, honraremos Flecha Ligeira.

— Eu, Mata Virgem, indico Flecha Certeira!

— Eu, Itaguaraçu, indico Flecha Certeira!

— Eu, Pena Dourada, indico Flecha Certeira!

Aos poucos, todos os irmãos e irmãs, um a um, foram repetindo a indicação para que eu me tornasse o novo cacique, incomodando bastante os pajés, que, aparentemente, tinham outros planos para mim, uma vez que me queriam como pajé.

Jandiara, sorridente, me abraçava, pois constatou que meu destino ao lado dela estava sendo traçado. No entanto, permaneci em silêncio, pois a palavra final seria a dos pajés. Logo após, Pajé Mata Real se pronunciou:

— Sim, Flecha Certeira provou que é um grande guerreiro quando libertou nossa aldeia, mas ele ainda precisa concluir os aprendizados conosco, e não pode dividir o tempo como cacique e como pajé. Portanto, indiquem outro guerreiro para ser nosso cacique.

Novamente, a aldeia ficou em silêncio, desta vez, contrariada com as rígidas palavras do Pajé Mata Real. Lua Grande deu um passo para trás, sendo seguido pelos demais, que não quiseram indicar mais ninguém.

Os pajés se entreolharam, nitidamente desconfortáveis com a ação de Lua Grande e dos outros guerreiros. Mais uma vez, predominou o silêncio. Segundos pareciam uma eternidade, até que uma guerreira deu um passo à frente e pediu permissão para falar.

Quando a permissão foi concedida, Jandiara, furiosa, falou:

— Perdoe-me, Pajé Mata Real, mas quando Flecha Ligeira estava ferido na oca do Pajé Itaçu, do lado de fora, pude ouvi-lo narrar a Flecha Certeira a conversa que teve com o pajé. Segundo ele, se Tupã decidiu enviar um guerreiro-pajé, ou um pajé-guerreiro, a essa aldeia, provavelmente, havia um motivo. Lembro-me bem das palavras dele: "Você é livre, Flecha Certeira, mas honre seus ancestrais! Honre os pajés e os caciques que já viveram em nossa aldeia, e não se perca em seus pensamentos!" Sendo assim, respeitando o desejo de Flecha Ligeira, nosso melhor guerreiro é Flecha Certeira; ele é nosso guerreiro-pajé e nosso indicado para ser o novo cacique!

As irmãs de Jandiara se posicionaram ao lado dela, a fim de apoiá-la. Kauane e Kuarã, a mais nova, seguraram as mãos da irmã, dando-lhe apoio, e soltaram um brado feminino de guerra que ecoou por toda a aldeia. Todas as mulheres e crianças se uniram a elas. Os guerreiros também bradaram e voltaram a me indicar como cacique. Não havia mais o que dizer, e os pajés ficaram encurralados.

— Confirmo as palavras de Flecha Ligeira repetidas por Jandiara — disse o Pajé Itaçu. — Mata Real, Tamandaré e eu lamentamos não terminar o treinamento de Flecha Certeira, mas se vocês assim desejam, Flecha Certeira é o novo cacique!

A aldeia se inflamou. Jandiara me abraçou e todos vieram me cumprimentar!

Então, pedi silêncio a todos, pois desejava falar:

—Honra-me muito a confiança que depositam em mim para ser o novo cacique. Todavia, não quero desapontar os pajés. O pedido de Flecha Ligeira foi claro: honrar nossos pajés e caciques! Não devo aceitar, embora meu coração seja o de um guerreiro.

Jandiara, mais uma vez, ficou indignada, pois não compreendia a importância de minhas palavras e do desejo de Flecha Ligeira. Naquele momento, a aldeia voltou a se inflamar e os pajés conversavam entre si. Alguns entendiam minha decisão, outros não. Kuarã perguntou:

— Flecha Certeira, Flecha Ligeira disse que você deveria ser um pajé-guerreiro ou um guerreiro-pajé. Por que não pode ser um cacique-pajé ou um pajé-cacique?

A sabedoria dos mais jovens, manifestada por meio de sua inocência, surpreende-me até hoje! A aldeia inteira questionou os pajés. O problema era que, até então, nenhum guerreiro havia trilhado o caminho dos pajés. Eu era o primeiro.

— Meu irmão de caça — Lua Grande tomou a palavra —, entendo seus sentimentos e o desejo de honrar sua palavra. Assim, quem você indica para ser o novo cacique, Flecha Certeira?

Antes que eu pudesse responder, Pajé Itaçu falou:

— Acalmem-se! Mata Real, Tamandaré e eu chegamos a uma decisão. Flecha Certeira será o novo cacique e indicará um cacique substituto, que liderará a aldeia enquanto ele estiver em treinamento conosco. Após, Flecha Certeira será nosso cacique-pajé-guerreiro, pois entendemos que essa é a vontade de Tupã! A jovem Kuarã tem razão.

Ficamos surpresos com a decisão dos pajés. Jandiara abraçou Kuarã e, em seguida, deu-me um abraço.

— Diga-nos, Cacique Flecha Certeira, quem você indica para nos liderar durante sua ausência? — indagou Jandiara.

Inquieto, andei de um lado a outro, pensando em recusar o novo cargo. Então, fechei os olhos, permaneci em silêncio e acalmei meus sentidos, até que pude sentir um dos espíritos das matas se aproximando e dizendo:

— Caçador de almas, não fuja do destino! Lidere seu povo e aprenda a magia dos pajés!

Assenti com a cabeça, apesar de ainda não entender o que significava ser um caçador de almas. Peguei meu arco e atirei uma flecha para o alto; quando ela caiu, dirigi-me aos pajés:

— Honra-me ser o novo cacique da aldeia. E, se todos concordarem, indico Mata Virgem para ser o cacique em minha ausência.

Os pajés aquiesceram e me entregaram o colar de cacique. Enquanto a aldeia celebrava nossas indicações, Mata Virgem falou:

— Lua Grande tem razão, se existe um guerreiro que se destaca entre nós, é Flecha Certeira. Sinto-me grato por ser um guerreiro e será uma honra ser o cacique na ausência dele.

— Ainda poderei ajudá-lo a pescar, cacique? — questionou a pequena Kuarã, aproximando-se.

Todos rimos! Abracei-a e respondi que sim.

A jovem Kauane também se achegou e disse:

— Conte comigo, cacique! Ao lado de Jandiara, sempre o ajudarei!

Dei um beijo na testa da menina e, em seguida, fui até os pajés.

— Quando partiremos?

— Agora mesmo, Flecha Certeira! — disse o Pajé Mata Real. — Temo que a guerra que acomete a aldeia inimiga nos alcance.

FLECHA CERTEIRA

Uma nova aldeia

>>>→ • ←<<<

Soltei meu grito de guerra e diante de toda a tribo, anunciei a todos:

— Vamos nos preparar para sair, comecem a juntar suas coisas. Antes, porém, preciso pedir permissão à família de Jandiara para que eu divida, a partir de hoje, minha oca com ela, a fim de formarmos uma nova família.

Jandiara ficou surpresa e correu para me abraçar, pois selaríamos, definitivamente, nosso destino juntos. Os familiares dela sorriram e pediram aos pajés que nos ungissem com as bênçãos de Iara.

Fomos todos até o rio. Nossas irmãs cobriram Jandiara de flores e nossos irmãos me trouxeram uma pele de caça nova. Emocionado, o Pajé Itaçu nos abençoou e pediu a Iara que nos protegesse com seu canto sagrado.

>>>→ • ←<<<

Não tivemos tempo de celebrar, pois tivemos de partir para estabelecer a nova tribo.

Agora ao meu lado, Jandiara confessou:

— Estou muito feliz, Flecha Certeira! Mas temi perdê-lo para o aprendizado dos pajés.

— Eu já havia dito, meu coração está com você, mas preciso terminar meus estudos. Hoje, contudo, quem acabou nos ensinando foi a pequena Kuarã.

— De fato. Iara deve tê-la intuído. De onde ela tiraria tamanho questionamento?

— Sim, Iara nos abençoou novamente! Estou feliz, Jandiara, mas ainda sinto a falta de Flecha Ligeira e de Flecha Dourada.

— Eu sei! Perdoe-me se pareço egoísta, mas seremos muitos felizes! Prometi a Flecha Ligeira proteger você.

— E eu prometi protegê-la! Agora, juntos, vamos também protegeremos nossa aldeia.

Kuarã e Kauane se aproximaram e caminharam ao lado de Jandiara, conversando animadamente sobre os últimos acontecimentos. Eu sorria ao ver a alegria das três. Então, Mata Virgem se juntou a nós na caminhada e disse:

— Que tumulto você provocou, meu amigo! Somente quando as mulheres deram o grito de guerra é que você percebeu o que seu coração já havia decidido?

— Eu não sabia o que fazer. Estava perdido, mas estou feliz de ter vocês ao meu lado!

— Sempre estaremos, cacique! Meu arco estará à sua disposição nesta e na outra vida! — afirmou meu amigo Itaguaraçu, ao lado de Mata Virgem, que concordou de pronto.

Eu havia pedido a Lua Grande que seguisse em direção ao norte, margeando o grande rio, e que, assim que encontrasse um lugar onde pudéssemos descansar, observasse o entorno, a fim de que não invadíssemos terras alheias. A velocidade e a atenção dele foram muito úteis.

No caminho, conhecemos uma aldeia pacífica e os alertamos do perigo iminente, aconselhando-os a seguir conosco, já que se tratava de uma tribo com poucos guerreiros, sem um pajé e com um cacique de idade avançada. O cacique, então, agradeceu a Tupã e seguiu conosco; agora, éramos duas aldeias em uma.

— Flecha Certeira, como cacique, já começou a caçar almas, pois jamais imaginaríamos dois povos juntos. Suas palavras de paz ao cacique velho nos surpreenderam!

— Fui verdadeiro, Pajé Mata Real. Afinal, o que é ser um caçador de almas?

— Tudo a seu tempo, Flecha Certeira. No momento certo, um dos pajés explicará. Por ora, posso dizer que acreditamos que você e Jandiara liderarão nossa aldeia muito bem.

— Faremos o possível para honrar a todos, com as bênçãos de Tupã, Jaci e Iara!

Caminhamos por quatro luas cheias até encontrarmos um lugar onde houvesse água e caça, e onde nos sentíssemos protegidos.

A partir desse momento, começamos a construir a nova tribo. Fizemos a clareira e, com a madeira, os guerreiros iniciaram a montagem de suas ocas, começando pelas dos pajés. Com todas as moradias prontas, fomos montar a minha e de Jandiara, e todos nos ajudaram.

Ficou decidido que, à noite, faríamos a guarda em turnos, para que não fôssemos surpreendidos. Além disso, durante o dia, ninguém se afastaria para caçar sem minhas ordens.

Foram dias tensos, pois, embora Lua Grande tenha feito o reconhecimento de toda a área em torno de onde montamos a aldeia, não conhecíamos o lugar e temíamos mais tribos inimigas. Mesmo depois de doze luas cheias, ainda continuávamos com a atenção redobrada.

>>>→ • ←<<<

Em uma manhã, Jandiara, Lua Grande e eu saímos para caçar e voltamos com muita carne e diversos frutos. A aldeia se fartou e, finalmente, pudemos comemorar em paz.

A nova tribo tinha guerreiros, guerreiras, pajés, caciques e crianças para dar continuidade ao nosso legado.

Ao perceber que tudo estava correndo em ordem, conversei com Jandiara:

— Preciso falar com os pajés e terminar meus aprendizados.

— Sabia que esse dia chegaria... Vá! E que Iara o traga de volta, guerreiro!

— Sempre voltarei para você!

Avisei a Mata Virgem que ele assumiria a liderança e dei a ele o meu colar de cacique. Após definirmos as estratégias de defesa e de caça, segui para falar com as irmãs de Jandiara:

— Kuarã e Kauane, preciso que tomem conta de Jandiara e que ajudem Mata Virgem na liderança da aldeia.

— Tomaremos conta de Jandiara, mas não sei se Mata Virgem aceitará nossa ajuda — respondeu Kauane.

— Eu não tenho medo de Mata Virgem! Se Flecha Certeira pediu que eu ajudasse, assim o farei! — retrucou a mais jovem, alto o suficiente para que Mata Virgem ouvisse.

— Pequena Kuarã — respondeu Mata Virgem, pegando-a, carinhosamente, no colo —, eu seria um louco se não aceitasse sua sabedoria e a inteligência de Kauane.

Demos bastante risada com a fala de meu amigo. Em seguida, toda a aldeia me acompanhou até a presença dos pajés.

— Vá em paz, cacique. Ninguém nos pegará de surpresa desta vez! — afirmou Lua Grande.

— Conto com sua sabedoria e sua agilidade, meu amigo!

— Itaguaraçu e eu vigiaremos nossas defesas, pessoalmente, até sua volta.

— Agradeço, meus amigos!

Depois, caminhamos até os pajés.

— Pajé Mata Real, estou pronto para continuar o aprendizado.

— Flecha Certeira, você nos honra, cumprindo sua palavra diante de nós e de nosso povo. Partiremos pela manhã.

Passei a noite pensando em Jandiara e na tribo. Disse a mim mesmo que, dessa vez, eu precisava aprender mais rapidamente, uma vez que toda a aldeia contava comigo.

FLECHA CERTEIRA

Sou um pajé

>>> → • ←<<<

Ao amanhecer, caminhamos para dentro das matas e pedimos licença ao grande espírito e às forças vivas que lá habitam.

Na companhia do Pajé Mata Real, aos poucos, fui retomando meu aprendizado e controlando os pensamentos, que viviam se perdendo e me distraindo. Aprendi a ouvir o som das folhas e estudei sobre as ervas que curam, as que matam e as que são capazes de fazer um indígena rejuvenescer no espírito ao se banhar com elas. Aprendi a sentir a energia viva de cada folha, de cada raiz e de cada árvore, e estas passaram a fazer parte de mim. Assim, comecei a respeitar ainda mais a vida nas matas.

Após duas luas cheias, Pajé Mata Real olhou-me e disse:

— Tupã nos abençoou muito! Ainda não entendo o propósito de você ser um guerreiro-cacique e aprender a magia dos pajés. O Grande Espírito das Matas confia em você e o chama de caçador de almas, sendo assim, eu o reconheço como um verdadeiro caçador de almas.

— Pajé, um espírito das águas me chamou dessa forma, pela primeira vez, quando encontrei o corpo de Flecha Dourada.

Mesmo depois de ouvir esse epíteto várias vezes, ainda não sei o que significa.

— Caberá a Itaçu explicar. Vamos caminhar até as proximidades da tribo, de onde eu partirei para que Itaçu venha ao seu encontro.

Andamos a passos lentos por algumas horas. Parávamos, conversávamos, sorríamos e chorávamos. Pajé Mata Real me confidenciou muitas coisas que guardo comigo até hoje.

Ao chegar próximo à tribo, ele despediu-se:

— Itaçu está a caminho, ele sentiu nossa presença. Termine o treinamento, caçador de almas!

— Assim farei, pajé! Diga a Jandiara e a Mata Virgem que voltarei em breve.

— Não duvido disso, afinal, você aprende rápido demais!

Alguns minutos depois, Pajé Itaçu apareceu, caminhando vagarosamente, e falou:

— Muito me honra, guerreiro, ser o responsável por terminar seu aprendizado!

— A honra é toda minha, Pajé Itaçu! Mas, antes, por favor, diga-me como estão todos.

— Mata Virgem assumiu muito bem a função de cacique, não se preocupe. Toda a aldeia sente a sua falta, principalmente Jandiara e a pequena Kuarã.

Sorri e, então, começamos a caminhar mata adentro por horas, até que Pajé Itaçu sentou-se, colocou várias penas ao nosso redor e pediu que eu me concentrasse.

Sentados, ele emitia cantos sagrados e, aos poucos, consegui controlar os pensamentos e libertar o espírito. Foi então que avistei o pajé me olhando.

— Pajé Itaçu, inúmeras vezes tentei libertar o espírito, mas não conseguia!

— Flecha Certeira, saiba que não é fácil nem para mim, que sou experiente na magia dos pajés, pois requer muita concentração. Você foi o único que conseguiu em pouco tempo. Preciso orientá-lo e aqui, no mundo espiritual, é mais fácil. Explicarei o que é ser um caçador de almas.

— Há tempos, anseio por essa resposta!

— Ser um caçador de almas é lutar pelos seus e buscar a união de todos em um único objetivo, e isso você já faz como cacique. Ser um caçador de almas é auxiliá-las, ou seja, ajudar os espíritos que não habitam mais seus corpos e que não sabem por onde caminhar. O Grande Espírito das Matas vive em você! Por isso, muitos espíritos veem em você o símbolo sagrado de um caçador de almas e esperam que os direcione.

— Que símbolo, pajé?

— Ainda não é visível para você, mas, em breve, será.

— Como posso ajudar esses espíritos se não os vejo, tampouco sei quem são?

— Tudo a seu tempo, caçador de almas. Mata Real viu em você o símbolo sagrado do Grande Espírito das Matas, o mesmo que vejo agora, e o reconhecemos como um caçador de almas. Foi Tupã quem lhe deu os dons sagrados. Só não compreendo por que você tem de ser um guerreiro, e não somente um pajé.

— Ser um guerreiro está em meu coração, pajé. Jamais desonrarei seus ensinamentos e guardarei todos os segredos que foram a mim confiados.

— Voltemos para nossos corpos.

Em um piscar de olhos, estávamos de volta a nossos corpos sentados. Olhei em volta e perguntei ao pajé:

— Sinto o senhor triste e confuso.

— Triste, não; confuso, sim. O Grande Espírito das Matas deseja que o tornemos um pajé, mas sinto que não tenho muito mais a lhe ensinar, caçador de almas. É uma honra terminar seu treinamento; sei que não anseia tal aprendizado, mas, somente com o conhecimento das pedras, você se tornará um pajé. Orientarei sobre as pedras que uivam, e elas o reconhecerão nesta e na outra vida. Venha, vamos caminhar.

Passamos sete noites e sete dias analisando as pedras que uivam. As pedras são vivas e sagradas. Aprendi que pedras que brilham e que possuem cores diferentes têm vibrações distintas. As pedras submersas na água têm uma função e liberam uma energia diferente das que são submetidas ao fogo sagrado. Uma pedra de mesma cor e tamanho, colhida no mesmo lugar, vibra diferentemente se posta na água ou no fogo. Fora desses elementos, também possui vibração distinta. Pajé Itaçu não me negou qualquer informação, e guardo-as comigo até hoje. Só as transmito quando recebo a permissão.

>>>→ • ←<<<

Permaneci afastado da tribo por quase três luas cheias, e a saudade começou a me incomodar. Então, Pajé Itaçu disse:

— Vamos caminhar de volta. Mata Real e Tamandaré nos encontrarão perto da aldeia.

— Como o senhor sabe?

— Quando você estava perdido em pensamentos, libertei meu espírito, sem que notasse, e os avisei.

— Mas só me distraí por uns segundos!

— Tempo suficiente para um pajé!

Ele saiu andando na frente, sorrindo e me fazendo entender que eu ainda tinha muito o que aprender.

— Quando voltei com o Pajé Mata Real, o senhor sentiu nossa presença; logo, os pajés podem sentir a presença de inimigos, certo?

— Não é bem assim, Flecha Certeira. Eu estava concentrado e ligado a Mata Real, por isso, sabia que vocês estavam chegando. Se fosse assim, não precisaríamos de guerreiros vigiando o entorno de nossa aldeia, concorda?

— Sim, não havia pensado nisso. Flecha Ligeira e Flecha Dourada me ensinaram que tudo tem seu lugar na Criação de Tupã.

— Correto. Entenda: tudo e todos têm um propósito. Todos nós servimos a Tupã, a Jaci, a Iara e ao Grande Espírito das Matas. Não devemos desviar dessa meta, pois os que desviam se perdem e precisam lutar para retornar ao objetivo.

— Espero não o decepcionar!

— Venha, caminhemos com as bênçãos das matas.

Andamos por horas até chegarmos perto da aldeia, onde nos sentamos e esperamos pela chegada dos pajés Mata Real e Tamandaré.

— Itaçu, Flecha Certeira, sejam bem-vindos! — cumprimentou Pajé Mata Real.

— Pajé Mata Real e Pajé Tamandaré, nós os aguardávamos — respondeu Pajé Itaçu.

— Itaçu, nosso cacique está ansioso para retornar à aldeia. Vamos para perto do rio, eu já trouxe as ervas e as penas — orientou Pajé Tamandaré.

No rio, os pajés comentaram que seria a primeira vez na história da tribo que um cacique receberia as bênçãos para ser um pajé. Permaneci em silêncio.

Assim que me concentrei para receber as bênçãos, ouvi o canto de Iara e vi os espíritos das águas e das matas vindo para perto de nós. Um espírito de muita luz se aproximou e disse, de modo que os quatro pudessem ouvir:

— Caçador de almas e pajés, liderem a tribo com sabedoria. Quando forem chamados para servir nos campos de Tupã, lembrarei que nos honraram e que seguiram nossa orientação. Caçador de almas, reconhecemos você como cacique, como guerreiro e, agora, como pajé!

Pajé Itaçu começou a chorar emocionado e agradeceu àquele espírito das matas. Pajé Tamandaré me presenteou com um cocar de penas sagradas, enquanto o Pajé Mata Real pintou meu rosto e macerou ervas sobre meu corpo. Coube ao Pajé Itaçu, o mais velho, dizer:

— Cacique Flecha Certeira, é um pajé! Ainda há muito a aprender, mas seu conhecimento se expandirá durante a vida, assim como nós nos desenvolvemos. Curve-se e agradeça a Iara e ao Grande Espírito das Matas pelas bênçãos recebidas.

Após reverenciar todos os espíritos, saudei os pajés e jurei guardar os segredos a mim confiados. Agradeci por Flecha Dourada e Flecha Ligeira terem cuidado de mim e me orientado quando necessário. Por fim, agradeci a toda a minha ancestralidade, pois, sem ela, eu não teria a vida que vivi. Em pensamento, também agradeci a todos da aldeia por terem confiado a mim a imensa responsabilidade de ser cacique.

Eu estava perdido em pensamentos, até que o Pajé Mata Real nos chamou para voltarmos à tribo.

⋙→ • ←⋘

Chegando lá, eu ainda estava com o rosto pintado, o corpo coberto de ervas e o cocar de penas sagradas. Todos me receberam em silêncio e, quando avistei Jandiara, vi um sorriso estampar o rosto dela, mas, assim como os demais, ela se aproximou de mim calada e esperou que eu pudesse falar.

— Eu, Cacique Flecha Certeira, tenho a honra de servir a todos vocês como pajé, cacique e guerreiro! Sim, sou um pajé!

A aldeia começou a festejar e todos vieram me abraçar. Mata Virgem, depois de me cumprimentar, devolveu o colar de cacique que me pertencia.

Pajé Tamandaré emendou:

— Cacique Flecha Certeira, temos mais um motivo para comemorar, não é, Jandiara?

— Sim, pajé!

Jandiara me abraçou e falou em voz alta:

— Cacique Flecha Certeira, há muitos dias, você falou que não tinha ninguém, a não ser eu. No entanto, Iara nos abençoou e um pequeno espírito habita meu corpo. Ele cresce a cada dia e espera que seu pai, o Cacique Flecha Certeira, fique feliz!

Fiquei mudo. Estava feliz, mas espantado. Só conseguia sorrir e abraçá-la! Quando me acalmei, respondi:

— Feliz é pouco! Que Tupã nos abençoe, juntamente com Iara e Jaci! Estou muito feliz!

Soltei meu grito de guerra e, quando Mata Virgem trouxe meu arco e minhas flechas, bradei novamente e atirei uma flecha para o alto. Em seguida, Jandiara e todos os guerreiros também atiraram flechas e deram seus gritos de guerra.

Após retirar o cocar de penas sagradas e devolvê-lo ao Pajé Itaçu, fui até o rio limpar meu corpo na companhia de Jandiara. Ela permaneceu em silêncio até que eu tirasse todas as pinturas sagradas. Com o corpo limpo, chamei-a para ficar ao meu lado, ajoelhei na beira do rio e agradeci a Iara pelo retorno e pela gravidez de minha amada. Aos poucos, consegui ouvir o canto de Iara e um espírito das águas se aproximou, dizendo:

— Caçador de almas, uma nova vida o espera. Viva com intensidade! Cumpra sua missão como pajé, como cacique e como guerreiro! Zele por Jandiara e pelo pequeno espírito que habita o corpo dela. Cuide de Kuarã com atenção, pois, em breve, ela precisará de você.

Temi pelo futuro da menina, até que o mesmo espírito das águas acrescentou:

— Não tema pelo destino de Kuarã. Ela precisará de você como cacique e como pajé.

Assenti prontamente. Jandiara permaneceu em silêncio o tempo todo, pois sabia que eu estava conversando com os espíritos.

Em seguida, abraçados, voltamos para a aldeia.

FLECHA CERTEIRA

Uma nova vida

ma nova vida me esperava a partir daquele momento. Os meses da gravidez de Jandiara foram os melhores de minha vida! Aproveitamos cada momento e cada movimento que o pequeno espírito fazia no corpo dela; parecíamos duas crianças.

Enquanto Kuarã acompanhava de perto a gravidez de Jandiara, Kauane começou a seguir os passos da irmã mais velha para se tornar uma guerreira.

Nossa aldeia prosperava e ansiava pelo nascimento de nosso filho. Eu era um guerreiro que tinha virado cacique, um cacique que havia se tornado pajé, e que estava prestes a ser pai!

Nosso povo festejou como nunca o nascimento de Kauã, nosso filho. Foi a jovem Kuarã que sugeriu o nome, pois, segundo ela, ele tinha olhos grandes e merecia ser chamado assim.

Os pajés mais velhos abençoaram Kauã, assim como a família de Jandiara, pois sabíamos que o nascimento dele era um reencontro. Minha companheira e eu sentíamos que já o conhecíamos.

Kauane tornou-se uma das melhores guerreiras que já vi. A agilidade da moça superava a da irmã, exceto a mira, afinal, Jandiara, assim como eu, tinha uma mira quase perfeita.

Nossa vida mudou e, ao longo dos anos, pude acompanhar o crescimento de Kauã. Ensinei-o a pescar, a caçar e a reverenciar o Grande Espírito das Matas, bem como passei para ele tudo o que aprendi com Flecha Ligeira.

Kuarã, praticamente, adotou Kauã como irmão mais novo, sempre nos acompanhando nos treinamentos dele para se tornar um guerreiro. Foram anos valiosos, os quais agradeço a Tupã por ter partilhado com minha família.

A pequena Kuarã cresceu, amadureceu e, diferentemente de Jandiara e Kauane, que se tornaram exímias guerreiras, despertou os mesmos dons que Tupã me concedeu, causando no Pajé Itaçu uma dúvida sobre sua fé e sua crença.

Pajé Itaçu convocou uma reunião com todos os pajés. Foi nesse encontro que compreendi o pedido do espírito das águas, havia muitos anos, quando me tornei um pajé: "Caçador de almas, uma nova vida o espera. Viva com intensidade! Cumpra sua missão como pajé, como cacique e como guerreiro! Zele por Jandiara e pelo pequeno espírito que habita o corpo dela. Cuide de Kuarã com atenção, pois, em breve, ela precisará de você."

— Tupã deve estar testando minha fé! — confessou o Pajé Itaçu. — Flecha Certeira é o mais jovem de nós e não deve se lembrar, mas vocês, Mata Real e Tamandaré, se recordam de alguma irmã da tribo que tenha os dons dos pajés?

Os dois responderam que não. Então, falei:

— Com todo respeito aos pajés, vocês nunca tinham visto um guerreiro-pajé e, hoje, estou aqui. Tampouco tinham visto um cacique-pajé, pois aqui estou. Acolham a jovem Kuarã e a ensinem. Nossa vida mudou tanto desde a antiga aldeia... já nos unimos a outro povo e formamos uma nova tribo. Também não esperava ter um filho tão cedo, no entanto, Iara nos abençoou. Uma nova história está sendo escrita, pajés! Sinto, em meu coração e em minhas visões, que precisamos nos preparar para essa vida!

— Flecha Certeira fala com o coração e a razão, Itaçu. Além disso, sinto que meu tempo está acabando ao lado de vocês. Começarei a ensinar a jovem Kuarã — afirmou o Pajé Mata Real.

No dia seguinte, Kuarã foi chamada à oca dos pajés. Jandiara e eu, abraçados a ela, fomos andando devagar, enquanto Kauane, com o arco em punho, disse à irmã:

— Estou muito orgulhosa de você, minha irmã! Vá, lute e volte como nossa pajé!

— Eu te amo, Kauane! Sem o incentivo de todos vocês, jamais estaria aqui!

— Você volta logo, não é? — perguntou Kauã.

— Sim, meu pequeno! Não deixo você por nada!

Eu e Jandiara abraçamos Kuarã e eu a aconselhei:

— Permita que Iara solte seu canto sagrado e ouça com atenção as palavras de cada pajé. Por conta de minhas obrigações como cacique, não posso ajudá-la no treinamento, mas meus pensamentos estarão sempre com você!

— Meu cacique, cuide de todos. Voltarei uma pajé!

Jandiara soltou seu grito de guerra e foi seguida por todos os presentes. Então, Kuarã se despediu de nós com um abraço e entrou na oca dos pajés.

⋙→ • ←⋘

Kuarã recebeu o treinamento por inúmeras luas cheias, até que concluiu o aprendizado e se tornou a primeira indígena de nosso povo a receber o título de pajé. Eu e Jandiara ficamos imensamente orgulhosos!

As palavras do Pajé Mata Real foram proféticas, pois, pouco depois de Kuarã se tornar pajé, ele nos deixou para servir nos campos de Tupã. Antes de partir, ainda me aconselhou:

— Lembre-se, Cacique Flecha Certeira, o espírito é capaz de sentir as vibrações das matas tanto no corpo quanto livre dele.

Kuarã foi quem mais sofreu com a partida do Pajé Mata Real.

Pajé Tamandaré chamou a mim, Lua Grande e Itaguaraçu e disse:

— Guiarei vocês mata adentro para colher as ervas que acompanharão Mata Real, uma vez que ele merece todas as honrarias possíveis a um pajé.

Colhemos as ervas, os galhos e as folhas grandes. Em seguida, voltamos rapidamente para que Pajé Tamandaré e Pajé Itaçu preparassem o corpo do Pajé Mata Real. Kuarã e eu ficamos apenas observando.

Toda a aldeia reverenciou o Pajé Mata Real.

Dias depois, Pajé Tamandaré nos evocou novamente e disse:

— Agora, os guiarei pelas águas sagradas, porque vocês precisam aprender o segredo das correntezas imediatamente. Sinto que meu tempo também está acabando.

— Não diga isso, pajé! O senhor está muito forte e nos guia com muita sabedoria!

— Obrigado, Lua Grande! Você, Itaguaraçu e Flecha Certeira me honram como filhos, irmãos e grandes guerreiros! — respondeu o pajé, enquanto nos abraçava como um verdadeiro pai.

Ficamos dias aprendendo sobre as correntezas e os ventos sagrados, não para usarmos como pajés, mas como guerreiros. Recordo-me daqueles momentos até hoje. A dor causada pela partida do Pajé Mata Real foi apaziguada pelos ensinamentos do Pajé Tamandaré.

Ainda não havíamos nos recuperado da partida do Pajé Mata Real, quando o Pajé Tamandaré ficou doente, perecendo semanas depois. Pouco antes de partir, ele se despediu:

— Lamento muito não poder ajudar mais, pois estou voltando para meus ancestrais. Kuarã, cuide de Itaçu; Flecha Certeira, cuide da aldeia. Espero todos vocês nos rios de Iara!

Aos poucos, seus olhos foram fechando e o pajé seguiu para servir nos campos de Tupã.

Com o passar do tempo, Kuarã se uniu cada vez mais ao Pajé Itaçu, tornando-se uma verdadeira filha para ele e a pajé que eu nunca fui para nosso povo.

Jandiara e eu treinávamos Kauã e os jovens da tribo, enquanto Mata Virgem, Lua Grande, Itaguaraçu e Kauane, juntamente com outros guerreiros, caçavam e tomavam conta do entorno de nossa tribo. Kuarã e Pajé Itaçu orientavam todos como pajés.

Fomos muito felizes por muitas luas cheias, até que, em uma madrugada de lua crescente, Kuarã entrou depressa em minha oca e disse assustada:

— Precisamos partir, cacique! Pressinto o ataque de uma aldeia inimiga!

— Pajé Itaçu sentiu o mesmo?

— Ele confia no que sinto, mas, antes de vir aqui, falei com ele.

— Nossos irmãos que fazem a guarda teriam nos avisado se tivessem visto algo...

Mal terminei de falar e, do lado de fora, Lua Grande me chamou, alertando a todos. Meu coração acelerou, Jandiara abraçou o jovem Kauã e todos saímos para ouvi-lo:

— Flecha Certeira, tribos inimigas caminham em nossa direção. Estão a três dias daqui.

— Você disse "tribos"?

— Sim, meu amigo! São muitos, não podemos guerrear contra eles! Temos muitos jovens e idosos... seria uma luta para a morte.

— Kuarã, ajude Pajé Itaçu a recolher as peles e desmonte a oca dele junto com os outros guerreiros! Todos vocês, preparem-se para partir!

Chamei Lua Grande, Mata Virgem e Itaguaraçu.

— Meus irmãos, Lua Grande disse que não temos chances, afinal, são muitos. Contudo, mesmo se partirmos, seremos alcançados, pois temos muitos jovens e idosos.

— Cacique Flecha Certeira, ao longo do rio, temos muitas canoas que levarão nosso povo em segurança. Depois de aprender sobre as correntezas com o Pajé Tamandaré, subi e desci o rio várias vezes, na tentativa de entender o propósito do ensinamento. Creio que chegou o momento. Mostrarei a todos por onde navegar. Alguns precisariam ir a pé, mas os mais velhos podem ir de canoa, encontrando-se, em seguida, rio acima — explicou Itaguaraçu cabisbaixo.

— Entendi, meu irmão, mas, para partirem em segurança, alguns guerreiros precisarão ficar para trás e atrasar os inimigos o máximo possível, estou certo?

— Sim, cacique! Eu ficarei!

Após alguns minutos refletindo, convoquei toda a tribo e contei nosso plano, determinando que Itaguaraçu, Lua Grande, os demais guerreiros e eu ficaríamos para retardar e eliminar a maior quantidade de inimigos possível, mas que, antes, eu tentaria conversar com eles. Fui, então, advertido por Kuarã:

— Chegou a hora de aguçar seus sentidos de pajé-cacique, porque eles não querem a paz! De acordo com minha visão, você morre ao tentar conversar com eles.

Jandiara me abraçou e pediu que partíssemos logo.

— Então, fugiremos mais uma vez! — lamentei profundamente.

Durante a madrugada, desmontamos as ocas. Enquanto Mata Virgem auxiliava a todos como um cacique, eu conversava com Jandiara e Kauã:

— Cuide de sua mãe, proteja-a e a todos da tribo, jovem Kauã! Não a deixe caçar mais que você. Jandiara, se Tupã me chamar para servir em seus campos, saiba que fui muito feliz com você e que me lembrarei disso na outra vida. Esperarei por você!

— Cacique Flecha Certeira, se Tupã chamá-lo para servir em seus campos, meus dias na Terra não terão mais sentido. Cuide-se e volte para nós!

— Fique com o colar de cacique, Jandiara. Se eu não voltar, entregue-o a Mata Virgem.

Ela desejava ficar comigo, mas sabia que precisava cuidar de Kauã e dos outros jovens. Nessa hora, ao nos despedirmos, choramos abraçados.

Pajé Itaçu veio ao meu encontro para se despedir e disse ter sido uma honra caminhar comigo na Terra. Kuarã também veio e disse antes de partir:

— Cacique, sempre o amei como pai, como irmão mais velho e como cacique. Guarde minha pedra verde para que ela o guie.

Chamei Kauane e determinei:

— Você e as guerreiras, dividam-se em grupos. Umas irão na frente, abrindo caminho, e outras ficarão no meio. Os guerreiros que vão com vocês permanecerão atrás, vigiando. Kauane, Lua Grande lhe mostrou todo o entorno. Vá e abra caminho para todos!

— Sim, meu cacique! Que Iara o proteja!

Logo, ela me abraçou e nos despedimos.

Pouco a pouco, fui vendo meu povo se distanciar e seguir para uma nova vida. Juntei-me aos guerreiros e atirei uma flecha para o alto. Ao cair no chão, falei:

— Vamos proteger nosso povo e atrasar os inimigos o máximo possível!

— Não vamos atrasá-los, cacique! Vamos pará-los aqui e dar ao nosso povo mais uma chance de viver em paz! — afirmou Mata Virgem, se unindo a nós.

— Mandei que seguisse com os outros, pois eles precisarão de um cacique!

— E deixar meus irmãos guerreiros vulneráveis? Jamais, cacique! Jandiara e Pajé Kuarã saberão guiar nosso povo.

Olhei mais uma vez para meu povo e vislumbrei Jandiara e Kauã pela última vez na carne. Eles acenaram para mim, e Jandiara também pôde sentir que aquela era a última vez que nos víamos. Se não fosse por nosso filho, ela teria voltado.

Itaguaraçu encarregou-se de colocar os mais velhos e as mães com os filhos nas canoas e mostrar-lhes o caminho. Assim que retornou, disse:

— Antes de chegarem a esta aldeia, nossos inimigos terão de subir um morro. Podemos ir para lá e resistir por muito tempo. Temos muitas flechas e podemos fazer ainda mais até a guerra começar. Só não podemos errar os alvos.

≫→ • ←≪

Dois dias depois, a guerra começou e, seguindo a estratégia de Itaguaraçu, resistimos por mais de sete dias. Eles perderam muitos guerreiros, mas tentei selar a paz várias vezes.

No oitavo dia, tivemos a primeira baixa. Abalado, Mata Virgem atirou inúmeras flechas morro abaixo, descontroladamente, colocando-se como um alvo fácil. Assim, meu amigo foi ao chão e eu nem tive tempo de me despedir. Fui contido por Itaguaraçu e Lua Grande para não cometer o mesmo erro de Mata Virgem.

Foram inúmeras noites em claro e dias de guerra; mal comíamos ou bebíamos água. Lua Grande, então, falou:

— Se estamos fracos, eles também devem estar. Nosso povo está quinze dias à frente. Portanto, podemos voltar e tentar encontrá-lo ou podemos descer o morro, sorrateiramente, e eliminar mais inimigos.

— Não, Lua Grande. Permaneceremos aqui para o caso de eles desistirem e voltarem de onde vieram.

Como pedi a Tupã que isso acontecesse! Contudo, após 21 dias resistindo, fazendo novas flechas, comendo quase nada e bebendo pouca água, nossos inimigos decidiram fazer um ataque final e começaram a atirar flechas, mesmo sem alvo, e uma delas acertou meu joelho direito. Seguimos para nos proteger sob as árvores e eles começaram a subir o morro. Nesse momento, porém, descobriram por que me chamam de Flecha Certeira: atirei nas pernas deles, fazendo-os debandar, mas naquele último ataque, infelizmente, precisei tirar a vida de muitos.

Lua Grande e Itaguaraçu me protegeram e nós conseguimos recuar aos poucos. Quando estávamos em segurança, retiramos a flecha de meu joelho e eu amarrei uma tira de couro para estancar o sangramento. Entretanto, como não estávamos em condições de correr, pois eu havia perdido muito sangue, ficamos esperando um novo ataque.

Para nossa surpresa, apenas um grupo de dez guerreiros apareceu. Acertamos nossas flechas e derrubamos um a um.

Lua Grande esperou a noite chegar e espreitou para conferir o estado dos inimigos; todos estavam feridos, apenas dois estavam inteiros. Contra a minha vontade, Lua Grande matou os guerreiros caídos e os últimos que se mantinham de pé. Ao retornar para perto de nós, ele disse:

— Consegui eliminar todos os inimigos, cacique!

Em silêncio, lamentei todas aquelas mortes.

Ao amanhecer, cuidadosamente, fomos até onde eles estavam e constatamos que uma verdadeira atrocidade havia acontecido ali. O sangue tinha atraído muitos animais famintos e eu chorei aquelas mortes, embora soubesse que não tivéramos qualquer escolha.

Doze guerreiros permaneceram no local para continuar protegendo nosso povo. Apenas Lua Grande, Itaguaraçu e eu teríamos a chance de agradecer a Tupã por salvá-lo. Enquanto regressávamos, constatei que o sangue em meu joelho não parava de jorrar, enfraquecendo-me terrivelmente. Pedi a Itaguaraçu que me ajudasse a sentar perto de uma árvore.

— Cacique — falou Lua Grande —, aguente firme! As ervas da Pajé Kuarã vão curá-lo!

Com a visão turva, abracei-os e recomendei que cuidassem de nosso povo. Então, vislumbrei Pajé Kuarã, com um olhar de tristeza, diante de mim, dizendo:

— Cacique Flecha Certeira, libertei meu espírito para vê-lo.

— Creio que não conseguirei voltar, Kuarã.

Lua Grande e Itaguaraçu perceberam que eu estava conversando com Kuarã e permaneceram em silêncio. Ela continuou:

— Senti sua dor, cacique, e ouvi o canto triste de Iara.

— Como está nosso povo? — perguntei com a voz embargada.

— Nosso povo está em segurança.

— Sinto meu corpo enfraquecer, Kuarã...

— Vá em paz, meu cacique. Agradeço pelas pescarias e por me ensinar o que é o verdadeiro amor à vida; agradeço por sempre cuidar de nós e por lutar por mim para que eu me tornasse uma pajé. Cuidaremos de Kauã e de Jandiara. Volte para seus ancestrais, encontre Flecha Ligeira e Flecha Dourada e cacem juntos novamente. Jamais se esqueça dos conselhos do Pajé Mata Real.

— Kuarã, cuide de todos — sussurrei, já sem forças.

— Foi uma honra viver em sua época, cacique! Um dia nos reencontraremos nos campos de Tupã!

Eu sabia que não voltaria para a aldeia, meu coração estava despedaçado, mas a visão da Pajé Kuarã me acalmou e pude respirar aliviado ao saber que nosso povo estava em segurança.

Olhei para Lua Grande e Itaguaraçu, abracei-os e disse:

— Foi uma honra viver ao lado de vocês! Agradeço a Tupã e a Jaci pela vida que tive; ao Grande Espírito das Matas por me acolher; e a Iara pelas bênçãos!

— Flecha Certeira, guarde suas forças, vamos levá-lo de volta — pediu Lua Grande.

— Tupã me chama para servir em seus campos. Digam a Jandiara que sempre a amarei, mesmo na outra vida, e digam a Kauã que sempre cuidarei dele. Basta olhar para as matas que lá estarei com o Grande Espírito. Por favor, entreguem meu arco a ele.

Pajé Kuarã, mesmo distante de nós, acompanhou minha partida. Pude ver as lágrimas que escorriam por sua face. Segurei a pedra verde que ela havia me dado e, aos poucos, fui fechando os olhos. Em meu último suspiro na carne, avistei Flecha Ligeira à minha frente, estendendo-me a mão. Segurei-a e ele me levantou.

— Estou morto?

— Não, Flecha Certeira. Você acaba de nascer para uma nova vida. Use seus instintos de caçador e me encontre.

Ele, de repente, sumiu na minha frente, deixando-me confuso.

Ainda pude ver Lua Grande e Itaguaraçu chorando por mim. Itaguaraçu atirou uma flecha para o alto e soltou seu grito de guerra. Lua Grande repetiu os mesmos gestos.

— Foi uma honra viver em sua época, Cacique Flecha Certeira! Seu corpo receberá todas as honras dos guerreiros! — disse Itaguaraçu, chorando.

Eles envolveram meu corpo em peles e o levaram com eles. Tentei acompanhá-los, mas uma voz me parou.

— Deixe-os, caçador de almas.

Virei-me e procurei a voz, mas não encontrei. A paisagem foi mudando e perdi meus amigos de vista. Então, ouvi gritos de horror e corri para ajudar.

FLECHA CERTEIRA

Exu das Matas

>>>→ • ←<<<

vistei os espíritos de nossos inimigos lutando contra uma nuvem estranha que sugava a energia deles. Procurei meu arco, mas recordei-me de tê-lo dado a meus irmãos para que entregassem a Kauã. Fui, então, caminhando sorrateiramente, até que encontrei um arco e algumas flechas no chão. Atirei uma flecha na nuvem e, para meu espanto, a flecha saiu na forma de um feixe de luz. Assim que acertei o alvo, a nuvem se dissipou.

Ao me avistarem, meus inimigos se ajoelharam e pediram clemência. Ordenei que todos ficassem parados, pois, se eles estavam ali, meus irmãos também deveriam estar... Mata Virgem poderia estar! Fui correndo à procura dele, mas só encontrei os arcos de Mata Virgem e de meus irmãos. Peguei todos e voltei para perto de meus inimigos, que estavam em silêncio, esperando minha fala:

— Viram meus irmãos? O que atacava vocês?

— Não sabemos onde eles estão, tampouco o que nos atacava; mas nossas flechas não o atingiam. Estamos feridos, guerreiro! Qual é o seu nome?

Eles estavam feridos, mas o ferimento em meu joelho estava curado! Como era possível?

— Sou Flecha Certeira. Vivíamos em paz, mas vocês nos atacaram e mataram meus irmãos. Por quê?

De cabeça baixa, mantiveram-se calados, até que escutei, novamente, a voz que não me permitiu acompanhar Lua Grande e Itaguaraçu.

— Eles não têm honra, caçador. Viviam saqueando aldeias, matando os homens e escravizando as mulheres e os curumins. Ao encontrá-los, tiveram o que mereciam.

— Quem é você? Apareça!

— Rá, rá, rá, rá! Estou aqui, caçador. Meu nome é Exu das Matas. Sou o guardião do senhor Oxóssi, a quem você chamava de "Grande Espírito das Matas".

Exu das Matas apareceu diante de mim, usando uma capa preta muito longa, e impressionou meus inimigos, que começaram a lhe pedir clemência. Irritado, ele bradou:

— Calem-se! Não falo com vocês! Estou conversando com o caçador de almas!

— Como sabe que sou um caçador de almas?

— Rá, rá, rá, rá! Qual é o seu nome, caçador?

— Meu nome é Flecha Certeira. Agora, responda, como sabe que sou um caçador de almas?

— O símbolo cravado em seu peito foi dado pelo senhor Oxóssi, mas ainda não se lembra, tenha calma. Deixe esses abutres aqui para que sofram pelos próprios atos! Venha comigo!

— Não vou deixá-los aqui! Sequer sei onde estou, a paisagem muda a cada instante. Vou levá-los conosco!

— Não pode levá-los, caçador. Eles não entram no local onde precisamos ir.

— Então, ficarei aqui.

— Que assim seja! Quando me chamar de volta, decidirei se venho ou não. A escolha foi sua.

Voltei para perto de meus inimigos e disse:

— Estamos do outro lado da vida, mas não sei que lugar é esse nem para onde devemos ir. Logo, se querem minha ajuda, preciso ter a certeza de que serão leais e de que são capazes de se arrepender das atrocidades que cometeram em vida.

Eu não tinha percebido, mas o símbolo em meu peito brilhava. Então, eles se ajoelharam e me juraram lealdade.

Logo, recordei-me do conselho do Pajé Mata Real: "Lembre-se, Cacique Flecha Certeira, o espírito é capaz de sentir as vibrações das matas tanto no corpo quanto livre dele". Ajoelhei-me, pedi permissão ao Grande Espírito das Matas e, aos poucos, consegui sentir as vibrações e canalizar as energias das matas para curar meus antigos inimigos.

Próximo ao lugar onde nasci para a espiritualidade, avistei a pedra verde de Kuarã. Fui até ela, segurei-a e senti a dor de Jandiara, de Kauã e da pajé. Entretanto, aquela pedra estava diferente; agora, era pura energia. Logo, entendi que se tratava de um tipo de cópia; a que Kuarã havia me dado estava com meu corpo, sendo levado por meus irmãos. Naquele momento, senti a dor de toda a minha aldeia. Em pensamento, pedi que me perdoassem por não ter voltado. Guardei a pedra comigo e retornei para perto de meus ex-inimigos, que se levantavam, paulatinamente, agradecendo a oportunidade recebida. Curados, iniciamos uma caminhada sem destino.

>>> → • ←<<<

Durante o trajeto, um deles tentou arrancar o arco de mim e foi impedido pelos outros. Instintivamente, aproximei-me, segurei o rosto dele e olhei profundamente em seus olhos. Nós dois pudemos vislumbrar vidas passadas. Ele, assustado, pediu clemência e jurou fidelidade novamente.

Ele não sabia, mas aquela visão também tinha me assustado; vi-me como um guerreiro, um caçador; vi uma morada de luz, vi guerreiros caminhando ao meu lado. Porém, não tive tanto medo quanto ele. Encostei em uma árvore e fiquei tentando entender o que havia acabado de ver, quando, mais uma vez, Exu das Matas me visitou.

— Você viu as vidas passadas de vocês, não foi? Só não entendo como conseguiu isso!

— Não faço ideia, agi por instinto. Como é possível?

— Caçador de almas, qual é o seu nome? Podemos conversar sem animosidades?

— É Flecha Certeira, Exu das Matas. Podemos, sim. Na realidade, preciso conversar com você, pois não sei o que é um exu, assim como não sei direito o que é ser um caçador de almas. Creio que você possa me orientar.

— Eu?! Não, caçador de almas. Com o tempo, é você quem vai me orientar, só precisa lembrar quem é.

— E quem sou eu, exu?

— Por ora, basta saber que é um grande caçador de almas.

Assim, Exu das Matas e eu nos tornamos amigos. Ao longo dos dias, enquanto eu caminhava sem destino com meus antigos inimigos, o exu aparecia repentinamente e voltávamos a conversar. A curiosidade dele a meu respeito era tão grande quanto a minha consideração por ele. Aprendi o que significava "exu" — para mim, é um valioso guerreiro que protege o que mais ama e que é importante para ele. Ele me explicou que a nuvem que atacava meus inimigos era a própria consciência deles, cobrando por suas atitudes, e que minha intervenção não tinha sido correta, pois aquilo era o que ele chamava de "Lei Sagrada". Para ele, eu tinha sido perdoado por desconhecer as leis deste lado da vida ou por ser um caçador de almas. Além disso, contou-me que foi ele quem mostrou o caminho para Mata Virgem e para meus outros irmãos. A intenção dele era me mostrar também, mas recusei seguir sozinho, de forma que ele não podia fazer mais nada. Também relatou que recebeu ordens do senhor Oxóssi para me vigiar e cuidar de mim.

Já éramos muito próximos. Ele me ensinou sobre as leis deste lado da vida e me orientou, reiteradamente, a não procurar minha tribo e seguir meu caminho. Pensativo, questionei:

— Exu das Matas, sabe sobre meu povo?

— Sim, eu os vejo sempre.

— Como estão Jandiara, Kauã, Kuarã... todos eles?

— Todos sentem a sua falta, caçador. Jandiara assumiu seu posto, pois, em respeito a você, ninguém ousou tirar o colar de cacique dela. Ela se tornou a primeira cacique de seu povo. Kauã sempre olha para as matas, esperando que você apareça, e Kauane o consola, enquanto Lua Grande e Itaguaraçu narram como o pai dele fora valente e falam que esperam dele a mesma bravura. Pajé Kuarã tentou falar com você inúmeras vezes, mas não foi permitido.

— Por que não foi permitido?

— Vocês vivem em mundos diferentes, caçador, e precisa aprender a ser um caçador de almas para, somente então, poder vê-los.

— Quando vivia na carne, Pajé Itaçu me disse: "Ser um caçador de almas é auxiliá-las, ou seja, ajudar os espíritos que não habitam mais seus corpos e que não sabem por onde caminhar. O Grande Espírito das Matas vive em você! Por isso, muitos espíritos veem em você o símbolo sagrado de um caçador de almas e esperam que os direcione." Estou ajudando esses espíritos, mas nem sei para onde ir com eles.

— Caçador, ainda pensa como se estivesse preso ao corpo. Terei de me afastar por um tempo, mas deixarei um presente para você.

Ele assobiou e uma linda cobra apareceu. Ela ficou de frente para ele, olhou para mim e subiu em meu braço. Então, Exu das Matas explicou:

— Ela o protegerá, assim como me protegeu em várias situações. Sempre que chamar, ela aparecerá em seu braço ou, se ela pressentir um perigo, irá protegê-lo. Desperte seus instintos de caça, pois aqui eles são mais fortes que no corpo. Você me tratou com igualdade e, para mim, isso foi um presente inestimável, caçador. Nunca me esquecerei de você!

— Quando você volta, meu amigo?

— É uma honra ser chamado de amigo por você, caçador de almas! Volto assim que me for permitido.

E, diante de mim, ele desapareceu. Em nossas conversas, tinha a impressão de que ele tentava me fazer recordar de algo, só não sabia o que era. Percebi que o exu sempre deixava uma pista para que eu interpretasse e, novamente, ele deixou.

Ao alertar meus instintos de caça, como Exu das Matas havia orientado, observei que o símbolo em meu peito começou a brilhar. Naquele momento, uma luz distante surgiu e nós começamos a caminhar em direção a ela.

FLECHA CERTEIRA

O Portão de Luz

Andamos por muitos dias e muitas noites. Em alguns momentos, porém, eu não era capaz de distingui-los, pois não havia luz ali.

Eu tratava meus novos amigos com receio e cuidado, uma vez que temia ou pressentia uma traição quando chegássemos à luz. Quando estávamos perto, resolvi questionar:

— Preciso saber se realmente estão comigo, não sei o que há naquela luz. Se formos atacados, poderei contar com vocês?

Todos responderam que sim. Com o tempo, a luz foi ficando mais intensa e pude identificar um guerreiro parado na frente dela.

— Caçador de almas, qual é o seu nome? — perguntou o guerreiro.

— Flecha Certeira. A quem me dirijo?

— Exu Sete Porteiras. Você trouxe espíritos para atravessarem minha porteira?

— Não sei dizer.

— Rá, rá, rá, rá! Como não sabe, caçador? Quem o mandou aqui?

Eu sabia que exu era um guardião que ama muito o que protege, eu só não estava certo do que ele defendia. Expliquei-lhe tudo, desde meu nascimento para a espiritualidade. Falei sobre o senhor Oxóssi, sobre o Exu das Matas, e os motivos que me fizeram não o seguir, e sobre agora estar guiando aquele povo.

— Se interferiu na Lei Sagrada e não foi punido, certamente, deve pertencer à Luz e age com a permissão da Lei. Permitirei que passem por minha porteira, mas saiba que cada um de vocês encontrará o próprio destino depois do Portão de Luz.

— Então, nos separaremos assim que passarmos pelo portão?

— Sim, caçador! Essa é a Lei, você traz os espíritos que não sabem chegar até aqui e eu concedo a permissão para que passem e encontrem seus caminhos. Esse povo deveria estar pagando por suas atrocidades, mas está aqui por sua causa. Então, eu autorizo que passem.

Assim que o exu terminou de falar, todos ficaram pensativos; e dois de meus ex-inimigos se apavoraram e saíram correndo. Ao se afastarem, foram submetidos à mesma nuvem que os havia atacado anteriormente. Por instinto, peguei meu arco, mas fui advertido pelo exu:

— Não, caçador! Deixe-os! A escolha é deles. Renunciaram à sua generosidade de trazê-los aqui e estão sendo cobrados por suas consciências; eles não nos veem mais.

Em pouco tempo, não mais os enxergávamos, e voltei a falar:

— Exu Sete Porteiras, permita que eu seja o último a passar por seu portal.

— Eu permitir? Você ainda não entende nada mesmo sobre a Luz! Rá, rá, rá, rá!

Considerei sua gargalhada como um "sim" e disse aos espíritos que me acompanhavam:

— Chegou a hora de assumirem suas ações. Se passarem pelo portal, caso tenha permissão, verei cada um de vocês em seguida. Se não passarem, não contem com minha ajuda.

— Cacique Flecha Certeira, quisera eu ter tido um cacique como você, que protege seu povo. Eu, Pena Cinzenta, passarei e o libertarei de sua promessa, afinal, já fez muito por nós.

Pena Cinzenta foi o primeiro a passar, os outros o seguiram, e todos me libertaram de minha promessa de ir vê-los.

Curioso, Exu Sete Porteiras indagou:

— Não entendo! Esse povo pretendia dizimar a aldeia e escravizar todas as mulheres e crianças, mas, ainda assim, você os protegeu e guiou até mim. Por quê?

— Uma guerra só existe quando os dois lados querem lutar. Por várias vezes, tentei selar a paz. Como não quiseram, tivemos de reagir. Aqui, deste lado, é tudo novo, não me considero em guerra contra ninguém. Enquanto for possível, continuarei defendendo minha aldeia e, sempre que me for permitido, guiarei todos, inclusive você, meu amigo.

— Amigo?! Caçador, você não conhece nada deste lado. Aqui, temos poucos amigos e sempre estamos em guerra contra os que não agem de acordo com os princípios da Luz. Porém, estou surpreso por você me ter como um amigo. Por isso, sempre que precisar, basta me chamar que lá estarei para ajudá-lo. Agora, vá! Creio que, do outro lado do portal, existam outros caçadores esperando por você.

— Outros caçadores?

— Não posso afirmar nada, caçador, mas não vejo nem sinto qualquer maldade em você. Só não está na Luz porque se recusou a acompanhar o Exu das Matas. Siga e encontre seus ancestrais!

Encarei-o por alguns segundos, assenti com a cabeça e entrei no portal.

FLECHA CERTEIRA

O reencontro

pós passar pelo portal, deparei-me com uma linda floresta, onde podia ouvir as aves e os animais. Sentia até o cheiro da terra, cheguei a pensar que estava sonhando. A cobra com a qual Exu das Matas me presenteou surgiu enrolada em meu braço, percorreu meu corpo e ficou em minha mão, parecia ler meus pensamentos de felicidade.

Após andar por um bom tempo, avistei uma longa clareira e um imenso portão fechado. Com o arco em punho e uma flecha pronta para atirar, fui caminhando cautelosamente. Ao me aproximar, ouvi uma voz feminina:

— Seja bem-vindo, caçador de almas! Pode se desarmar, não há perigo aqui.

— Prefiro ficar com meu arco, não a conheço nem sei onde estou.

— Rá, rá, rá, rá! Bem que Exu das Matas contou o quanto você era teimoso! Seu nome é Flecha Certeira, estou certa?

— Sim! Quem é você? Onde está o Exu das Matas?

— Calma, caçador, tudo a seu tempo. Exu das Matas está de volta à Terra, perto de onde você vivia na carne. Agora, desarme-se! Você ainda não pode entrar armado.

Soltei meu arco e pude contemplar uma mulher altiva, que sabia muito bem o que estava fazendo. Com um gesto, ela abriu o enorme portão, dizendo:

— Seja bem-vindo de volta à sua morada, senhor Flecha Certeira! Estávamos à sua espera. Sou a Pombagira da Figueira, guardiã da porteira de nossa morada espiritual. É uma honra poder recebê-lo.

— Você parece me conhecer. Quem está me aguardando?

— Antes de reencarnar, o senhor me colocou como guardiã desta porteira. Entre e verá quem o espera.

— Eu a coloquei aqui como guardiã?

— Sim, senhor. Entre logo!

— Meu arco?

— Será entregue ao senhor depois de entrar. Entre, caçador de almas!

Ela me conhecia melhor do que eu mesmo, mas, se eu a havia colocado como guardiã, por que não me recordava de nada?

Aos poucos, fui adentrando e contemplando o mais belo lugar que já tinha visto. De alguma forma, sabia que tinha vivido ali, mas não fazia ideia de como nem quando.

Conforme caminhava, sentia minhas forças voltarem com todo o seu esplendor, e minha visão me trouxe uma imensa alegria quando avistei o Pajé Mata Real.

— Pajé! É o senhor mesmo?

— Sim, meu cacique!

Chorei muito ao poder abraçá-lo novamente, nem me dei conta de que, à nossa volta, estavam Flecha Ligeira, Flecha Dourada, Pajé Tamandaré, Mata Virgem e outros irmãos de nossa tribo. Quando percebi, abracei todos, um por um. Flecha Ligeira, então, me falou:

— Faz meses que o encontrei quando deixou seu corpo. Demorou para vir até nós!

— Perdoem-me! Acabei ajudando os espíritos de nossos inimigos a encontrarem o próprio caminho.

— Você tinha razão, Mata Real — disse Pajé Tamandaré, sorrindo —, nosso cacique é, verdadeiramente, um caçador de almas.

— Não sei bem o que significa ser um caçador de almas, pajé, mas segui meu instinto.

— Você cumpriu exatamente o que um caçador de almas faz. Tupã o fez um guerreiro, um pajé, um cacique e um caçador de almas! — disse Flecha Ligeira, abraçando-me de novo.

— Estou feliz por estarmos juntos novamente! Preciso saber de Jandiara, Kauã, Kuarã e de nosso povo, vocês têm notícias?

Todos se entreolharam e Pajé Mata Real começou a falar:

— Meu cacique, primeiramente, precisa entender que não ficaremos todos juntos. Estamos aqui para recebê-lo, mas Flecha Ligeira e Tamandaré habitam uma morada sobre os rios de Iara; Flecha Dourada e Mata Virgem, outra; cada um de nossos irmãos tem a própria morada. Você e eu moraremos aqui. Com o tempo, começará a se lembrar de tudo o que for necessário. Sobre nossa tribo, depois de lhe mostrar nossa morada, o levarei até lá.

Durante nossa caminhada para que eu conhecesse o lugar, encontrei o senhor Estrela-Guia, que me abraçou e me deu boas-vindas:

— Seja bem-vindo de volta, Flecha Certeira.

— Pombagira da Figueira afirmou que eu a coloquei como guardiã, e o senhor diz que sou bem-vindo de volta. Sinto que já estive aqui, mas não me lembro.

— Acalme-se! Em breve, as memórias voltarão.

Pajé Mata Real foi me ensinando tudo sobre o local, elucidando sobre nossos deveres e o que representávamos para aquela morada espiritual. Pouco a pouco, fui me lembrando de minhas encarnações e de todos que estavam comigo, mas ainda não recordava tudo, e insistia em voltar à nossa aldeia.

— Pajé Mata Real, agradeço por me acompanhar, mas preciso ver Jandiara e Kauã. Por favor, ajude-me!

— Tenha calma, meu irmão! Eu também ansiava por reencontrar todos vocês — argumentou Flecha Dourada. — Quando parti e vim para este lado da vida, senti-me perdido.

— Não me sinto perdido, meu irmão, apenas tenho saudade e desejo saber deles.

— Eles estão vivenciando o que precisam na carne. Controle sua ansiedade para que isso não atrapalhe ou atrase seu reencontro com eles — Flecha Dourada foi enfático.

FLECHA CERTEIRA

Pajé Kuarã

>>>→ • ←<<<

Embora o desejo de reencontrar minha família e minha tribo me consumisse, fui, aos poucos, assumindo meu posto de caçador de almas.

Rapidamente, aprendi a volitar[1] entre os planos espirituais. Foram longos meses de treinamento e recordações. Quando estava pronto para descer à Terra e cumprir minha missão como caçador de almas, Pajé Mata Real, Flecha Ligeira e Flecha Dourada, acompanhados do senhor Estrela-Guia, chamaram-me para uma conversa:

— Flecha Certeira, Kuarã insiste em evocar seu espírito. É hora de aplacar a ansiedade dela e a de seu povo — disse Estrela-Guia.

— Então, verei Jandiara?

— Sim, mas precisa entender que o tempo aqui é diferente do tempo terreno. Muito tempo já se passou para eles.

— Flecha Certeira, coloquei a pedra verde da Pajé Kuarã em seu novo arco, feito por mim e por Flecha Dourada. Assim que

---

[1] Segundo o *Dicionário on-line Caldas Aulete*, "Deslocar-se no ar, na atmosfera (os espíritos)", ou seja, forma como os espíritos se deslocam no ar ou na atmosfera. [NE]

assumir o posto definitivo de caçador de almas, terá livre acesso entre as moradas espirituais e a Terra. Poderá nos chamar sempre que precisar, embora acredite que seus amigos exus também o protegerão — completou Flecha Ligeira.

— Acredito que Flecha Certeira já despertou o guerreiro dentro de si. Ele será capaz de cuidar de si mesmo. Pajé Mata Real, acompanhe Flecha Certeira até a aldeia.

— Agradeço a confiança, senhor Estrela-Guia — concluí.

Pajé Mata Real segurou minhas mãos e, em um piscar de olhos, estávamos na aldeia. Era um novo lugar, mas poucas coisas estavam diferentes desde a minha partida. Começamos a andar e fomos na direção da oca dos pajés.

Ao entrarmos na oca, ouvi uma voz trêmula, embargada, mas feliz:

— Pajé Itaçu, o Pajé Mata Real está aqui, junto com o nosso cacique!

Pajé Itaçu, que estava deitado, com mais de cem anos, levantou-se lentamente e disse:

— É uma honra recebê-los em nossa oca!

Chorei de felicidade ao ver Kuarã e Pajé Itaçu. Kuarã também se emocionou e disse:

— Eu os evoquei tantas vezes, já havia perdido a esperança de vê-los novamente.

— Kuarã, você se tornou uma pajé muito melhor do que eu fui, estou orgulhoso de você. Itaçu, meu amigo, a honra é nossa por estarmos em sua presença. Kuarã, seus chamados foram ouvidos, espíritos de luz estiveram aqui, mas Flecha Certeira e eu somos novos nessas atribuições e, somente agora, nos foi permitido visitá-los — explicou Pajé Mata Real.

— Sinto que fui egoísta, Pajé Mata Real! Deveria saber que, do outro lado da vida, vocês possuem atribuições.

Eu ouvia calado a conversa dos dois, não conseguia perguntar sobre Kauã e Jandiara, pois tinha medo da resposta. Pajé Itaçu sentiu minha inquietação e falou:

— Mesmo do outro lado da vida, Kuarã, nosso cacique continua amando a Cacique Jandiara, e está ansioso por saber notícias dela.

— Como sabe que estou ansioso, Pajé Itaçu?

— Flecha Certeira, eu o conheci muito bem quando vivia na carne, e você continua o mesmo. Está olhando para o lado de fora a todo momento.

— Cacique Flecha Certeira, Pajé Itaçu e eu temos os dons de vê-los e ouvi-los, mas Jandiara, não. Não espere que ela o ouça.

— Kuarã, você se tornou a pajé que nunca fui para esta aldeia. Desejo apenas vê-la, não diga a ela que estamos aqui. Se me permitir, chamarei todos de uma única vez, pois anseio saber como estão, principalmente Kauã e Jandiara.

Pajé Mata Real me olhou surpreso com o que eu acabara de dizer e perguntou:

— Como sabe que virão até nós?

— Minha flecha os chamará, pajé! Tenho certeza!

Pajé Kuarã assentiu com a cabeça, assim como Pajé Itaçu. Fora da oca, preparei meu arco e atirei uma flecha para cima, que caiu no meio da aldeia, soltando uma onda de energia e fazendo com que todos sentissem que precisavam ir até a pajé.

Kuarã olhou para meu arco e questionou:

— Como é possível que minha pedra verde esteja em seu arco se a trouxeram de volta para mim junto com seu corpo?

— A essência dela permaneceu comigo, Kuarã, assim como a de vocês. Mesmo deste lado vida, eu os amo e sempre os amarei.

Aos poucos, meus irmãos e irmãs foram se aproximando da Pajé Kuarã e do Pajé Itaçu. Kauane se aproximou com um grupo de guerreiras comandado por ela. Logo, avistei Lua Grande e Itaguaraçu, envelhecidos, ao lado da família que formaram, enquanto aguardava ansiosamente a visão de Kauã e de Jandiara.

Kauã, agora um jovem guerreiro, começou a se dirigir até nós e pude sentir a presença dele; Jandiara veio com outras irmãs de nossa aldeia e indagou à irmã mais nova:

— Kuarã, Pajé Itaçu está bem?

— Sim, minha cacique. Ele está bem e pode responder por si mesmo.

— Jandiara, minha cacique, Kuarã e eu recebemos uma visita que muito nos honra. Com mais de cem anos de idade, digo que estou pronto para servir nos campos de Tupã. Fomos visitados por Mata Real e Flecha Certeira.

Todos se exaltaram, agradecendo a Tupã. Jandiara se aproximou de Kuarã e murmurou:

— É verdade, Kuarã?

— Sim, minha irmã, eu também os vi.

Kauã não tirava os olhos de mim, assim como eu não tirava os olhos dele. Ele parecia me ver! Logo, resolvi tirar minha dúvida.

— Kuarã, diga a todos que estamos felizes por estarem bem e unidos, que lamento não estar com eles, mas que estaremos todos juntos do outro lado da vida. Diga a Kauã que não pude estar nas matas com ele, mas que o amo muito!

— Eu também o amo muito, meu pai! Cacique Flecha Certeira e Pajé Mata Real estão ao lado da Pajé Kuarã — disse Kauã em voz alta, causando espanto nos pajés e em toda a aldeia. — Sim, tenho os mesmos dons que Tupã deu a meu pai. Perdoem-me, pajés, por nunca ter dito nada, mas, assim como meu pai, quero ser um guerreiro, não um pajé.

Percebi que Jandiara tentava me ver. Então, irradiei uma luz para que ela pudesse me sentir e, em um lampejo, consegui aparecer para ela. Muito emocionada, ela abraçou Kauã e os dois choraram juntos.

Nossa visita causou um alvoroço na aldeia, mas Pajé Kuarã acalmou a todos com muita sabedoria. Expliquei a Kauã que não seria fácil visitá-los, mas que voltaria sempre que tivesse permissão. Foi difícil, mas sabia que era chegada a hora de me despedir.

Assim que saímos da aldeia, ouvimos uma voz que me deixou feliz:

— Caçador de almas, vejo que, em pouco tempo, conseguiu voltar à Terra. Ainda tem a cobra que lhe dei?

— Foi mais que um presente, meu amigo Exu das Matas, ela se tornou parte de mim. Este é o Pajé Mata Real.

— Eu sei, caçador. Salve sua banda, pajé!

— Eu também o saúdo, exu!

— Caçador de almas, seu povo está seguro aqui, fique sossegado.

— Agradeço, exu! Agora, precisamos ir.

Sem que eu dissesse nada, ele volitou e nos deixou nas matas. Antes de voltarmos, fizemos uma oração a Tupã, a Jaci, a Iara e ao Grande Espírito das Matas.

FLECHA CERTEIRA

Novas moradas espirituais

>>>→ • ←<<<

Pajé Kuarã treinou Kauã para ser um pajé, mas ele teve liberdade para ser, assim como eu, um guerreiro-pajé. Quando o Pajé Itaçu cumpriu a missão e foi servir nos campos de Tupã, Pajé Tamandaré e eu ficamos responsáveis por recebê-lo. Assim que Jandiara decidiu não mais liderar a tribo, Kauã tornou-se o novo cacique.

Os anos se passaram e assumi de vez a função de caçador de almas, auxiliando espíritos, principalmente, os de minha terra natal. Aos poucos, fui conhecendo novas moradas espirituais e seus líderes; bem como outras formas de cultuar Tupã, Jaci e Iara, percebendo que tratam-se apenas de nomes.

Quando Jandiara estava prestes a servir nos campos de Tupã, Pajé Mata Real me chamou:

— Flecha Certeira, Jandiara está pronta para nascer para a espiritualidade. No entanto, você não a receberá, mas poderá estar ao lado dela, se assim desejar.

— Entendo, pajé. Ela irá para outra morada, não é isso?

— Sim.

— Sinto a tristeza de Kauã, Kauane e Kuarã. Irei até eles.

— Você encontrará uma grande líder da espiritualidade que aguarda a passagem de Jandiara. Peço que não interfira em nada.

— Sim, pajé.

>>> → • ← <<<

Quando cheguei à tribo, fui até a oca de Jandiara. Kauane, segurando o arco firmemente, estava chorando na entrada.

Ao entrar na oca, encontrei a líder espiritual e outros espíritos que já estavam lá, cumprimentei-os respeitosamente e me aproximei de Jandiara. O corpo dela estava envelhecido, mas o espírito continuava a brilhar como a Lua. Estava linda!

Kuarã emitia cânticos de nossa tribo e, assim como Kauã, não podia nos ver. Pedi licença à guerreira que liderava o grupo de espíritos, seu nome era Jurema.

— Jurema, por favor, permita-me aparecer para ela e dizer que, assim que Tupã permitir, irei vê-la.

— Flecha Certeira, Jandiara foi guerreira, mãe e grande líder. Estou honrada por ela pertencer ao nosso clã. Você tem minha permissão e livre acesso à nossa morada.

Irradiei um feixe de luz até ela e pude me mostrar em seus últimos instantes na Terra.

— Jandiara, eu disse que sempre a amaria! Você terá uma nova vida e continuará a ser guerreira nos campos de Tupã. Assim que Tupã permitir, estaremos juntos. Agora, siga com Jurema e suas guerreiras, elas mostrarão o caminho a você.

— Meu cacique, estou pronta para servir nos campos de Tupã e viver uma nova vida.

Foram as últimas palavras em seu corpo. Kauã, percebendo que eu estava por perto, pediu-me que cuidasse dela a partir daquele momento. Kuarã, emocionada, falou:

— Anseio pelo dia em que estarei novamente com todos.

Jandiara ainda me viu em espírito e entendeu que eu não poderia acompanhá-la. Mais uma vez, ficamos apenas nos olhando e nos despedindo.

Antes de voltar, caminhei um pouco pela floresta e Exu das Matas apareceu:

— Você insiste em andar por aqui.

— Sempre amei as matas, exu.

— Entendo. Até breve, caçador. Está chegando o dia em que travaremos batalhas juntos.

— Que batalhas?

Sem me responder, o exu desapareceu. De volta à minha morada, fui até o Pajé Mata Real, que, ao me ver chegando preocupado, questionou:

— Jandiara está bem? Como foi a passagem dela?

— Está tudo bem, pajé. O que me preocupa são as palavras de Exu das Matas. Ele disse que travaremos batalhas juntos.

— Então, é chegada a hora. Venha, precisamos nos preparar.

— Preparar para o quê, pajé?

— No momento certo, saberá, Flecha Certeira. Precisamos ir até o senhor Estrela-Guia.

Fomos ao encontro dele, que já nos esperava:

— Sejam bem-vindos! Que Pai Oxalá os abençoe! Aproxima-se a época na qual o continente que vocês conhecem sofrerá uma grande mudança. Será necessário encaminhar Flecha Certeira para outras moradas espirituais, a fim de que conheça outros espíritos e outras magias, as quais precisará combater.

— Somente eu? Meus irmãos de outras moradas não podem ir comigo? Pajé Mata Real conhece muito sobre magias, seria bom se ele pudesse conhecer essas outras.

— E ele conhecerá, Flecha Certeira, mas não com você. Mata Real lhe explicará melhor. Agora, preparem-se e conversem o tempo que for necessário. Já mandei chamar Tamandaré e todos os seus irmãos, exceto Jandiara, que está muito nova no mundo espiritual.

Caminhamos em direção à entrada de nossa morada, onde a Pombagira da Figueira dava boas-vindas aos nossos irmãos.

Abraçamo-nos e contei a eles sobre Jandiara, nossa aldeia e as palavras enigmáticas de Exu das Matas. Todos ficaram apreensivos. Então, Pajé Tamandaré falou:

— Mata Real, meu irmão, sua decisão me encoraja! Sempre pensarei em você, tenho a certeza de que nos reencontraremos. Como sabe, Itaçu não poderá vir.

— Tamandaré, temos um caçador de almas que também é um pajé; Flecha Certeira me encontrará e me trará de volta.

— Do que estão falando? — questionei confuso.

— Flecha Certeira, Flecha Ligeira e todos vocês, conversei muito com Tamandaré e com o senhor Estrela-Guia, pois decidi reencarnar na terra do culto africano aos orixás.

Ficamos calados e, após alguns minutos de silêncio, consegui argumentar:

— Perdoe-me, Pajé Mata Real, mas, segundo o Exu das Matas, estamos prestes a travar uma batalha! O senhor vai nos abandonar?

— Não, meu cacique, jamais os abandonarei! Na carne, tentarei ser um ponto de luz nessa batalha. Só esperarei que Kuarã cumpra a missão para recebê-la deste lado da vida.

— Pajé Tamandaré, por que o Pajé Itaçu não poderá vir? — desconversei.

Pajé Mata Real, notando nossa tristeza e espanto, respondeu minha pergunta:

— Itaçu não está aqui porque foi requisitado em outra morada espiritual. Meus irmãos, ainda temos alguns anos terrestres para aprendermos juntos e para visitarmos outras moradas espirituais.

Depois de alguns minutos de silêncio, durante os quais tentávamos entender a decisão do Pajé Mata Real, Flecha Ligeira disse:

— Pajé Mata Real, estou certo de que sua decisão foi tomada pensando em nos ajudar e em auxiliar quem precisar. Conte comigo... e creio que falo por todos!

— Agradeço a Tupã sua compreensão. Vamos conhecer as moradas espirituais.

Visitamos moradas espirituais que abrigavam diversos povos de nossa terra e moradas que abrigavam povos de outras terras. Foi em uma dessas últimas que constatei que as palavras de Exu das Matas eram legítimas. Vimos espíritos em profunda dor ou mutilados sendo regenerados. Eram verdadeiros hospitais espirituais criados para socorrê-los.

Quando voltamos às nossas moradas, imediatamente, questionei Pajé Mata Real:

— O senhor já conhecia aquelas moradas?

— Sim. Você também as conhecia, mas preciso que se recorde de uma em especial.

Pajé Mata Real fez com que eu repetisse um nome várias vezes, para que não esquecesse.

⟫⟶ • ⟵⟪

Após um mês, senti a tristeza de Jandiara e volitei até a morada dela. Na porteira, a Pombagira das Sete Encruzilhadas, ao lado do Exu Treme-Terra, recebeu-me:

— Salve, caçador! Saudamos sua força! O que deseja?

— Preciso entrar, abram a porteira.

— Ainda que seja da Luz, você não tem permissão para ingressar em nossa morada.

Sentir a tristeza de Jandiara estava me deixando cada vez mais irritado. Então, exigi:

— Chamem a Jurema!

Calados, me encarando, pareciam não acreditar em minhas palavras e atitudes.

— Caçador de almas, sabe que não o deixaremos entrar sem permissão, sendo assim, por favor, afaste-se!

— Chamem a Jurema! Não repetirei!

Não precisei. Ela surgiu ao meu lado com o senhor Estrela-Guia e várias guerreiras.

— Jurema, sinto a tristeza de Jandiara. Preciso vê-la!

— Você sente a tristeza dela, assim como ela sente sua ira e sua ansiedade. Dê-nos tempo para reequilibrar o espírito dela. Eu disse que você tem livre acesso aqui, mas sem animosidades ou ações intempestivas, caçador. Minhas irmãs estão cuidando bem dela... não confia em nós?

Senhor Estrela-Guia, com o semblante calmo e pacífico, disse:

— Responda, Flecha Certeira. Não confia em Jurema?

— Confio, senhor. Perdoem-me, Jurema, guerreiras e guardiões! Permiti que as emoções se sobrepusessem à razão e dominassem minhas ações.

— Flecha Certeira, um espírito ama tanto quanto amou na carne, e você sabe disso. Tenho a certeza de que se lembrará de seus próprios ensinamentos, ou seja, emoção e razão precisam agir juntas, caso contrário, fatalmente, errarão — ponderou Jurema.

— Meus ensinamentos?

— Como caçadores de almas, já lutamos juntos, meu amigo. Quando precisou reencarnar, eu tinha a convicção de que você não precisaria de muito tempo para voltar a ser o caçador que conhecemos.

— Lutamos juntos?

— Sim, Flecha Certeira! A Casa da Jurema sempre recebeu espíritos encaminhados por você. Equilibre as emoções, busque agir com a razão e siga os próprios ensinamentos, guerreiro.

As palavras de Jurema geraram um turbilhão de pensamentos em minha mente, fazendo com que eu me lembrasse de outras vidas, de outras moradas espirituais e de quem eu era.

— Agradeço, Jurema! Suas palavras foram como flechas. Agora, preciso voltar à minha morada. Senhor Estrela-Guia, volta comigo?

— Irei em seguida. Antes, preciso conhecer guerreiras e guerreiros que aqui chegaram.

Despedi-me respeitosamente e voltei à minha morada, onde Figueira me recebeu:

— Seja bem-vindo! Lembra-se de quase tudo agora, certo? Seus símbolos sagrados estão brilhando!

— Sim, também me lembro de que prometi encontrar seu companheiro. Só não o fiz até agora porque não me recordava.

— Eu sei, o senhor nunca faltou com sua palavra.

— E não faltarei! Em breve, ele visitará você.

Meus símbolos sagrados começaram a aparecer em meu corpo e a brilhar como o Sol, chamando a atenção de todos da morada. Atirei uma flecha para o alto que, ao cair, causou uma explosão de luz. Então, na presença de quase todos da morada, declarei:

— Assumo o nome que recebi! Sou Flecha Certeira, o caçador de almas de Pai Oxóssi!

Pajé Mata Real veio até mim e me abraçou, dizendo:

— Meu Cacique Flecha Certeira, agora, sim, consigo vê-lo com toda a sua luz.

Estrela-Guia, Jurema, meus irmãos e os líderes de várias moradas espirituais me abraçaram e me deram as boas-vindas.

— As novas moradas espirituais o aguardam, caçador — falou Jurema em nome de todos. — Muitas estão sendo preparadas para os tempos que virão, e seu trabalho será indispensável. É muito bom vê-lo novamente com toda a sua luz! Sentimos sua falta!

— Agradeço, minha irmã Jurema, suas palavras agiram em meu espírito. Peço que me perdoem, pois deixei que as emoções me dominassem e bloqueassem minhas memórias.

— Não precisa pedir perdão, Flecha Certeira. Todos têm o próprio tempo para ativar as memórias ancestrais, e esse tempo deve ser respeitado.

— Agradeço, senhor Estrela-Guia! Pajé Mata Real, sou grato por sua paciência comigo! Estou pronto para cumprir a missão como caçador. Antes, preciso voltar à Terra e agradecer a dois exus. Se tiver permissão, também desejo ver Kauã.

— Agora que está com todos os símbolos sagrados ativados, não precisa pedir permissão. Tem livre acesso para ir e vir sempre que quiser e precisar.

— Senhor Estrela-Guia, a hierarquia deve ser respeitada. Sempre pedirei permissão.

— Permissão concedida, caçador.

Segui para a porteira de nossa morada e deixei Estrela-Guia e Jurema conversando:

— Você tinha razão, Jurema. Não demorou para ele voltar a ser o caçador de almas.

— Estrela-Guia, meu irmão, Flecha Certeira já havia nos provado ser um grande caçador. A última encarnação trouxe ainda mais experiência para ele, e estou certa de que ele a usará com sabedoria na espiritualidade.

Consegui volitar — o que antes era impossível para mim — e fui direto para onde estava o Exu das Matas. Quando ele me avistou, curvou-se e disse:

— Senhor caçador, lembrou-se de tudo! Estou pronto para ajudar no que for necessário.

— Sua cobra me protegeu, exu. Vim devolvê-la.

— Não, senhor Flecha Certeira, foi um presente. Embora eu tivesse a missão de protegê-lo, aprendi muito com o senhor. Portanto, ela é sua!

— Então, agradeço, e ela ficará comigo. Sou grato a você, pois, em nossos diálogos, sempre tentou ativar minhas lembranças, mas eu não fui capaz de compreender. Em breve, irei até o Exu Sete Porteiras. Estou pronto para a batalha, exu!

— Sim, senhor. Será uma honra lutar ao seu lado mais uma vez!

— A honra será minha! Também preciso encontrar Exu Caveira, pode me ajudar?

— Claro! Tenho o vigiado desde a reencarnação, mas ele está muito debilitado. Entretanto, vou acompanhá-lo mais de perto.

— Faça isso, Exu das Matas. Precisamos nos reunir.

— Sim, senhor! Anseio por lutarmos lado a lado mais uma vez.

— Até breve, meu amigo. Que Pai Oxóssi aumente sua luz!

Prontamente, voltei para o Portão de Luz. Quando Exu Sete Porteiras me viu, falou:

— Senhor Flecha Certeira, é bom vê-lo novamente com todos os símbolos brilhando.

— Estou aqui para lhe agradecer, exu. Mesmo me reconhecendo, seguiu à risca a determinação de deixar que eu me recordasse sozinho, sem interferir.

— O senhor sempre trouxe espíritos à minha porteira e nunca questionou minhas ações; era o mínimo que eu poderia fazer.

— Sabe da batalha que teremos em breve?

— Sim, senhor! Será uma honra estar ao seu lado e encaminhar todos os que forem trazidos até minha porteira.

— A honra é minha, Exu Sete Porteiras. Reunirei os caçadores.

— Estarei pronto! Sabe que pode contar comigo sempre.

— Agradeço! Voltarei à minha morada depois de ver Kauã. Que Pai Oxóssi aumente sua luz!

FLECHA CERTEIRA

Jandiara

>>>— • —<<<

hegando à aldeia, percebi que Kauã ainda estava triste devido à partida de Jandiara, mas havia se tornado um líder nato. Kuarã estava treinando novos jovens para serem pajés. Kauane estava caçando na companhia dos caçadores. Retornei à minha morada espiritual e me recolhi, a fim de analisar tudo o que havia ocorrido nas últimas horas.

Com o passar dos dias, minhas ações tornaram-se uma extensão de meu ser. Comecei a agir com a razão e a emoção equilibradas. Retornei às moradas espirituais que tínhamos visitado e fui prontamente reconhecido, dando início aos trabalhos para que nenhum espírito ficasse sem direcionamento.

Os mundos encarnado e espiritual eram minha morada. Ora socorria os recém-desencarnados ora cumpria meus deveres e treinava novos caçadores de almas.

Estrela-Guia confiou a mim, novamente, a escolha daqueles que serviriam à espiritualidade como caçadores de almas.

>>>— • —<<<

Três meses se passaram. Fui chamado à porteira pela Pombagira da Figueira.

— Salve suas forças, Figueira! Por que me chamou?

— Senhor Flecha Certeira, na realidade, sou apenas a intermediária. Abrirei a porteira.

Pajés Itaçu, Mata Real e Tamandaré, além de Flecha Ligeira, Flecha Dourada, Mata Virgem e vários de nossa morada estavam do lado de fora do portão. Então, perguntei:

— O que houve, irmãos? Por que não entram?

Todos ficaram sorrindo e calados. No instante seguinte, Jurema e suas guerreiras surgiram volitando ao lado de meus irmãos.

— Caçador de almas, é uma honra estar aqui hoje. Trago boas notícias!

— Jurema, é bom revê-la! Como posso ajudar?

— Na realidade, não vim pedir ajuda...

Outras guerreiras foram surgindo ao lado de Jurema e, entre elas, estava Jandiara. Meu coração se encheu de alegria, pois, além de estar com a aparência jovem novamente, ela estava radiante. Já caminhando na direção dela, pedi:

— Jurema, peço permissão para me aproximar.

— Permissão concedida, Flecha Certeira.

Frente a frente com Jandiara, perdi as palavras, mas ela tomou a iniciativa:

— Meu Cacique Flecha Certeira, estou pronta para servir nos campos de Tupã à Mãe Jurema e suas guerreiras. Se me permitir, também estou pronta para, quando puder, estarmos juntos de novo.

Acariciei a face dela, abracei-a e beijei-a, sentindo-me completo em todos os sentidos da vida. Meus irmãos e as guerreiras da Jurema soltaram seus gritos de guerra.

Depois de alguns minutos abraçados, Jurema, ao lado do Pajé Mata Real, disse:

— Vão à Terra ver Kauã e a tribo de vocês. Desfrutem desse momento a sós.

O senhor Estrela-Guia e os pajés assentiram com a cabeça. Antes, fui até a Pombagira da Figueira, que estava feliz por nós, mas séria e triste ao mesmo tempo, e avisei:

— Já o encontrei. Só estou esperando que ele vença as próprias batalhas internas.

— Eu sabia que o encontraria! O senhor é o caçador de almas a quem Caveira e eu juramos fidelidade. Aguardo o tempo que for necessário. Posso me dirigir à senhora Jandiara?

— Fique à vontade, Figueira.

— Senhora Jandiara, é uma honra abrir a porteira de nossa morada para anunciar seu retorno.

— Figueira, agradeço! Que as forças da Jurema sempre iluminem seu caminhar!

Segurei nas mãos de Jandiara e voltei diretamente para a margem do rio onde tivemos nossa primeira noite.

— Por que me trouxe aqui, meu cacique?

— Antes de ver Kauã, queria recordar a noite em que a lua cheia nos abençoou. O canto de Mãe Oxum e dos espíritos das águas são uma memória linda que tenho de você e daqui.

Permanecemos ali por horas, relembrando nossa vida, quando decidimos ir até Kauã. Assim que chegamos à aldeia, avistei Itaguaraçu. Aproximei-me dele e irradiei um feixe de luz, que ele sentiu, olhando para os lados e dizendo:

— Se estiver mesmo aqui, cacique, quando minha hora chegar, por favor, venha me buscar para que cacemos juntos novamente. Sinto a falta de todos vocês!

Jandiara e eu sorrimos, mas continuamos a caminhar, até que avistamos Kuarã, triste e abatida. Entrou em sua oca para descansar e seguimos atrás dela.

— Jandiara, minha irmã! Flecha Certeira!

— Acalme-se, minha irmã! Viemos ver vocês.

— Fico feliz! Sei que meu tempo aqui está findando, tenho treinado os novos pajés da tribo, mas tem sido uma tarefa árdua.

— Você está fazendo um bom trabalho. Onde está Kauã?

— Foi caçar, Flecha Certeira. Ele se tornou um grande cacique, todos o respeitam.

— Que Tupã a abençoe, minha irmã! Agradeço por cuidar de Kauã e de mim. Agora, precisamos ir, fique em paz!

Jandiara segurou minha mão e volitamos para perto de Kauã.

— O que houve? Por que saímos repentinamente?

— Flecha Certeira, Kuarã está doente e, em breve, deixará o corpo. Senti que ela sabe disso e tive receio de que ela perguntasse a respeito.

— Kuarã é uma grande pajé e sabe que não podemos responder a esse tipo de indagação. De qualquer forma, foi melhor assim.

Encontramos Kauã com os sentidos em alerta, atento à caça. Kauane e os novos caçadores o observavam, pois o tinham como um grande líder. Preferimos não atrapalhar e fomos embora.

Volitamos para as matas e, novamente, Exu das Matas perguntou:

— Senhor caçador Flecha Certeira, gosta mesmo daqui, não é?

— Eu já disse, exu, amo as matas! Esta é Jandiara.

— Eu sei! Eu a saúdo, senhora Jandiara!

— Salve suas forças, exu!

— Senhor Flecha Certeira, o guardião que o senhor me encarregou de vigiar está pronto para receber sua visita.

— Jandiara, quer ir conosco? Trata-se de Exu Caveira, companheiro de Figueira.

— Sim, vamos!

FLECHA CERTEIRA

Exu Caveira

>>>→ • ←<<<

xu das Matas nos guiou até perto das águas grandes, o mar sagrado, onde encontramos um grupo de espíritos socorristas sendo guiado por um guardião que parecia um esqueleto e usava apenas uma capa.

— É ele, Jandiara. Exu das Matas e eu o encontramos travando batalhas internas, mas parece que ele recuperou o equilíbrio.

— Não, meu cacique. Ele está agindo de acordo com os instintos, posso sentir.

— Como quer fazer, meu senhor?

— Agradeço sua ajuda, Exu das Matas. Assumimos daqui.

Aproximamo-nos do grupo e fomos saudados, respeitosamente, por todos. Conversamos e entendemos o que procuravam, mas Exu Caveira não conseguia guiá-los.

— Senhores da Luz, sei que preciso guiá-los, entretanto, estou agindo por instinto. Se puderem auxiliar, agradeço.

Os espíritos socorristas estavam, na realidade, ajudando o próprio Exu Caveira. Sem que ele soubesse, estavam fazendo de tudo para que ele recuperasse a memória e a integridade. Exu Caveira e Pombagira da Figueira sempre atuaram juntos, mas ele precisou reencarnar e passou por muitas adversidades. Quando desencarnou, ficou preso às próprias lembranças e ao peso da consciência.

— Quem é você? — perguntou Jandiara, se aproximando. — Por que anda nu, usando apenas uma capa, e escolheu essa aparência de esqueleto?

— Sei que sou um exu e que essa capa me foi dada por um orixá, mas não me lembro quem. Minha senhora, na realidade, sequer recordo meu nome, só sei que preciso proteger a Luz. Minha cabeça arde toda vez que tento rememorar.

— Você conhece os orixás?

— Sei que são plenos, que são os senhores e as senhoras de nossos caminhos e que são representantes divinos do Criador.

— Então, sabe muito e os reconhece como pais e mães orixás.

— Sim, minha senhora.

Jandiara segurou a mão dele e disse que o ajudaria. Em seguida, fez um sinal para que os socorristas continuassem com ele e se afastou um pouco comigo.

— Flecha Certeira, ele está com a mente bloqueada. A capa surgiu assim que ele se lembrou de que era um presente. Eu sei como ajudá-lo, mas precisamos voltar e buscar Figueira.

— Mas ele não se lembra dela, e Figueira pode ficar desorientada ao vê-lo assim.

— Estou certa de que ela conseguirá, confie em mim.

Jandiara e eu retornamos à minha morada e explicamos tudo a Figueira. Coloquei outro guardião na porteira e voltamos à Terra.

⫸⫸⫸ ▸ • ◂ ⫷⫷⫷

Tão logo o avistamos, Figueira se espantou. Não imaginava como um exu com tanto vigor, destreza, força e determinação acabara daquela maneira. Jandiara explicou que a culpa, o remorso, a solidão e até a falta de um objetivo podiam fazer o maior dos espíritos cair. Exu Caveira precisava de um intento, e ela estava certa de que o objetivo maior dele era encontrar a Pombagira da Figueira, mesmo sem se dar conta. A guerreira combinou tudo com a pombagira e, no instante seguinte, esta estava de frente para o grupo, encarando Exu Caveira:

— Alto lá, exu! Quem é você? Se não responder, não poderá passar!

— Preciso passar, pombagira, e guiar esses socorristas ao destino de cada um.

— Qual é o destino deles, exu? E quem é você?

— Sou exu, e isso é o bastante. O destino deles é...

A voz de Exu Caveira embargou, ele não sabia o que responder, apenas que deveria guiá-los.

— Responda, exu! Se não responder, vou mandá-los de volta!

— Você não pode fazer isso, preciso guiá-los!

— Para onde, exu?

Figueira, mesmo com o coração dilacerado, ficou imponente e não se deixou abalar, pois necessitava ativar o instinto de luta de Exu Caveira.

Jandiara e eu nos aproximamos e, como parte do plano, olhei para Caveira e perguntei em tom austero:

— Precisa de ajuda ou vai cumprir a função de exu? Chame seus amigos, amigas e companheira. Clame auxílio aos orixás, visto que precisa partir de você. Seja o exu que deve ser!

— Companheira? Amigos? — Apesar de confuso, algo mexeu com ele. Uma espada apareceu na cintura de Exu Caveira, fazendo-o se ajoelhar e clamar aos orixás. — Senhor da Terra, Senhor da Morte, preciso saber o que fazer! Em nome do Maioral, clamo sua ajuda!

Um estrondo foi ouvido por todos. Em seguida, o exu foi coberto pela antiga armadura e, imponente, dirigiu-se a mim:

— Senhor da Luz, ou melhor, senhor Flecha Certeira, agradeço por me ajudar a lembrar que posso clamar aos orixás. Sinto-me revigorado para enfrentar a mulher que nos impede de passar.

O tom bélico daquelas palavras me preocupou, mas Jandiara me segurou e disse:

— Ela sabe se cuidar.

Ele caminhou até Figueira e falou:

— Sinto que já me conhece e sabe quem sou. Entretanto, estou fraco e não me recordo de você. Preciso passar e encontrar alguém do passado, mas não posso procurar enquanto não terminar de guiar esses socorristas. Peço que nos deixe passar.

— Diga seu nome e quem procura, somente assim o deixarei passar.

— Pombagira, não me force a lutar com você!

— Diga seu nome!

— Já disse que não me lembro! Quem é você? Já que conseguiu incitar minha fúria, não espere que eu tenha clemência!

— Eu estava esperando você perguntar, Caveira! Sou eu, a Pombagira da Figueira!

Exu Caveira recuou alguns passos, caiu no chão de joelhos, olhou para o mar, para o céu, para as matas e para tudo ao redor. Logo, a capa e a armadura dele começaram a brilhar. Ainda ajoelhado, agradeceu:

— Senhor Omolu, senhora Iansã, agradeço por terem cuidado de mim até agora.

Os socorristas, um a um, o abraçavam e desapareciam. Quando o último se foi, ele me olhou e pediu:

— Perdoe-me, senhor Flecha Certeira, perdi-me em minhas próprias memórias. Senhora Jandiara, agradeço a ajuda e peço permissão para me dirigir a Figueira.

— Tem minha permissão.

Caveira caminhou até ela, abraçou-a fortemente e indagou:

— Como sabia que me despertaria, mencionando seu nome?

— Quando a senhora Jandiara segurou sua mão, sentiu que seu desejo mais profundo era o de me encontrar. Bastava que eu o ajudasse a se lembrar de quem você procurava.

Eles se abraçaram e se beijaram. Logo depois, determinei:

— Exu Caveira, está chegando o tempo de grandes mudanças no continente onde Jandiara e eu reencarnamos. Precisarei de você lá, juntamente com Exu das Matas. Figueira, minha promessa está cumprida, fique com Caveira o tempo que precisar, pois nossa morada está protegida. E você, Caveira, assuma seu posto rapidamente, precisamos de você.

— É uma honra estar, novamente, ao seu lado nas batalhas, meu senhor!

— A honra é minha, Exu Caveira. Não se culpe, também demorei para despertar minhas memórias. Cada um tem o próprio tempo.

— Sim, senhor.

— Senhor Flecha Certeira e senhora Jandiara, quero reiterar nosso juramento de fidelidade; Caveira e eu sempre estaremos prontos para ajudar no que for preciso — afirmou a Pombagira da Figueira.

De mãos dadas com Jandiara, retornamos à morada da Jurema. Antes de eu seguir para minha morada, ela me interrompeu:

— Antes de partir, preciso lhe perguntar...

— Pode perguntar o que quiser.

— Que mudanças são essas em nossa última terra natal?

— A ignorância, a ambição, a vaidade e a ganância invadirão nossa terra; encarnados que já acionam forças das trevas em outros locais, ativarão lá também. Sinto que será uma batalha da

Luz contra as trevas. Devemos ficar a postos para proteger e resgatar quem precisar.

— Precisamos avisar Kauã e toda a tribo, Flecha Certeira! Kuarã está doente e pode não pressentir esses acontecimentos — replicou Jandiara em tom de desespero.

— Não será agora, mas nos próximos anos. Exu das Matas intuiu Kauã a ir o máximo para o norte, e demorará muitos anos até que sejam descobertos. No entanto, tenha a certeza de que farei de tudo para protegê-los.

— Sim, eu sei! Perdoe-me, pois deixei as emoções me controlarem e não pude conter a ansiedade ao saber da invasão.

— Acalme-se! Não é preciso pedir perdão, o amor que sentimos por Kauã, Kuarã e todo o nosso povo sempre nos acompanhará.

— Meu cacique, continua a me ensinar mesmo deste lado da vida.

— Deste lado da vida, sempre aprenderemos uns com os outros. Estou feliz de estar ao seu lado e poder aprender com você.

Sorrimos, nos abraçamos e entendemos, naquele momento, que aprenderíamos um com o outro, eternamente. Após um tempo abraçados, olhei para Jandiara e falei:

— Preciso ir, volto assim que puder.

— Espere, algumas irmãs da Jurema estão reencarnando. Peça que os exus as protejam.

— Sim, eu mesmo pedirei.

Em seguida, abraçamo-nos de novo e nos despedimos mais uma vez, rotina que se repete até os dias atuais.

FLECHA CERTEIRA

Invasão

>>>→ • ←<<<

eses depois, Jandiara, Pajé Itaçu, Pajé Mata Real, Pajé Tamandaré e eu recebemos Kuarã, que chorou de alegria ao nos ver. Ela só lamentava por não ter conseguido ficar mais tempo com Kauã e ajudá-lo.

Em pouco tempo, Kuarã despertou as memórias ancestrais e se tornou uma grande líder da espiritualidade.

Uma semana após Kuarã nascer para a espiritualidade, Pajé Mata Real me chamou:

— Flecha Certeira, minha hora chegou. Preciso que me reencontre e lute ao meu lado.

— Como farei isso? O senhor reencarnará no culto africano!

— Sim, mas voltarei como ponto de equilíbrio nessa batalha que está por vir.

— Pajé Mata Real, eu o reencontrarei!

Antes de se despedir de todos, ele me delegou a responsabilidade de receber os irmãos de nossa aldeia e encaminhá-los para suas moradas.

Pajé Mata Real reencarnou no culto africano aos orixás. O pedido que ele me fez para reencontrá-lo jamais saiu de minha mente. Reiteradamente, Kuarã afirmava que, se exista um caçador de almas capaz de encontrá-lo na carne, esse alguém era eu.

≫→ • ←≪

Os anos se passaram e tive a honra de receber Itaguaraçu deste lado da vida. Abraçamo-nos e eu o agradeci por tudo o que ele fez por Kauã e por nossa aldeia.

— Cacique, foi uma honra ter vivido ao seu lado e será uma honra trabalhar com você deste lado da vida.

— Meu irmão, a honra foi e sempre será minha.

Meses depois, Jandiara, Kuarã e eu fomos receber Kauane, que, ao avistar Jandiara, soltou as lágrimas contidas em seu íntimo. Jandiara a levou para a Casa da Jurema, onde ela se tornou uma grande guerreira e caçadora de almas.

Itaguaraçu e eu também tivemos o privilégio de receber Lua Grande, que, até o último suspiro, provou ser um grande guerreiro.

Kauã sofreu pela partida dele, pois dizia que todos os irmãos e irmãs de seu pai e de sua mãe haviam partido da aldeia. Ainda assim, aquele era o início de uma nova era liderada por Kauã, na companhia dos pajés treinados por Kuarã, com muita coragem e determinação. Ele realizou inúmeras mudanças ao longo dos anos, pois obedecia, atentamente, às intuições transmitidas por Exu das Matas.

O reencontro com Lua Grande foi emocionante. Quando ele viu Itaguaraçu e eu, chorou e nos abraçou:

— Finalmente, meu cacique, estou pronto para servir nos campos de Tupã!

— Acalme-se, irmão! Acabou de nascer para a espiritualidade.

— Sim, meu cacique, mas anseio por lutar ao lado de vocês. Nossos irmãos e pajés estão aqui, deste lado da vida?

— Tudo a seu tempo, Lua Grande. Pajé Tamandaré o aguarda.

Algum tempo depois, todos nos reunimos para ouvir e contar histórias, tanto do espírito quanto da carne; choramos e demos muitas risadas. Kuarã relatou que estava desistindo de nós quando Pajé Mata Real e eu visitamos a aldeia. Jandiara, sorrindo, disse que imaginou que Pajé Itaçu estivesse ficando senil; e ele, rindo bastante, confessou ter acreditado nisso também. Foi uma reunião abençoada por Tupã, apesar de lamentarmos a falta que o Pajé Mata Real nos fazia.

— De fato, ele faz muita falta, mas a coragem e a determinação que teve em encarnar no culto africano deve nos inspirar. Estou certo de que ele voltará! — concluiu Pajé Tamandaré.

>>→ • ←<<

Nossa terra natal foi invadida e uma batalha na carne e no espírito começou.

Como a cobiça e a soberba são terríveis! Presenciei aldeias inteiras sendo dizimadas em pouco tempo; vi meus irmãos, que amavam Tupã e a natureza, morrerem por se negarem a ser gananciosos como os invasores e sucumbirem por pedras brilhantes. Com os invasores, vieram novos cultos religiosos, pregando o amor e a fraternidade, mas apenas entre eles. Os que se recusavam eram chamados de "pagãos" e sofriam em decorrência daquela decisão.

Antes de a invasão alcançar nosso povo, recebemos Kauã deste lado da vida. Ele havia seguido para o norte o máximo possível, como Exu das Matas o havia intuído. Nossa aldeia não tinha mais descendentes meus nem da família de Jandiara. Ainda assim, sempre tentamos cuidar de todos.

Jandiara, Kuarã e eu fomos recebê-lo.

— Meu pai, minha mãe, Pajé Kuarã, meu coração se enche de alegria ao vê-los juntos!

— Kauã, meu filho, venha me abraçar! — Jandiara o chamou, emocionada, dando-lhe boas-vindas.

Kauã foi para a mesma morada de Jandiara, mas sempre nos reencontrávamos.

Mortes, conversões obrigatórias, derrubada de árvores milenares, queimadas, poluição dos rios sagrados. Presenciei tudo ao lado dos exus e das pombagiras que lutavam ao nosso lado, resgatando os espíritos. A guerra espiritual era intensa, pois os invasores tinham trazido consigo magias antigas e, até mesmo, demoníacas, que despertavam seres das trevas, os quais, do lado de cá, muitos de nós da espiritualidade já combatiam.

Flecha Ligeira, Flecha Dourada, Mata Virgem, Lua Grande, Itaguaraçu, Jandiara, Kauane, Jurema, suas guerreiras e muitos da espiritualidade lutaram lado a lado para despertar o amor nos invasores, a fim de tentar salvar nossos irmãos e inúmeros espíritos.

A invasão não tinha fim. Com o passar dos anos, mais invasores chegavam para fazer de nossa terra sua própria terra natal. Eles começaram a montar moradia aqui, enquanto mais homens e mulheres chegavam.

Entre eles, havia muitos que lutavam pela paz e que desejavam, apenas, uma terra para morar; outros, entretanto, eram movidos pela ganância e pelo poder.

Quando Kauã se juntou a nós na batalha, tive muito orgulho de lutar ao lado de meu filho e de minha amada Jandiara. Passamos muito tempo encaminhando espíritos, tanto de indígenas quanto de brancos.

Tempos depois, quando pensávamos que já tínhamos presenciado toda a maldade humana, testemunhamos a chegada de imensas canoas — os chamados "navios negreiros" —, transportando africanos escravizados para trabalharem forçadamente para os brancos.

Nunca fomos capazes de compreender tamanha crueldade. Kauã precisou ser afastado da luta na Terra, pois a crueldade o havia desequilibrado sobremaneira.

A luta jamais cessou, só aumentou. Os brancos nos consideravam invasores e tínhamos perdido o direito às nossas terras. Eles desbravaram o continente em todas as direções, expandindo o que chamavam de "civilização".

Muitos brancos eram conscientes e justos, não admitindo as atrocidades e violências que povos indígenas e negros sofriam. Alguns ajudavam e os escondiam em suas casas para que não sofressem agressões. Dessa forma, começou a miscigenação dos povos, o que trouxe certa paz para alguns e, para outros, cada vez mais intolerância, pois algumas pessoas diziam que não admitiam filhos e filhas se "misturando" com outras raças. Foram tempos difíceis, tanto na carne quanto no espiritual.

Na carne, espíritos de luz encarnados atuavam incansavelmente a fim de apaziguar a crueldade; lutavam contra as guerras que ocorriam por terras e por pedras brilhantes. No espírito, uni-me aos caçadores de almas, aos exus e às pombagiras para não permitir que forças das trevas aliciassem os nobres de espírito. Lutamos, também, para resgatar e encaminhar os espíritos que partiam para o outro lado da vida.

A invasão me mostrou o quanto o homem pode ser cruel e, ao mesmo tempo, o quanto pode ter o coração puro. Cor da pele, raça e origem jamais serão mais importantes que um coração puro. Senti isso na carne, quando as tribos nos atacaram, e, agora, sentia no espírito.

FLECHA CERTEIRA

A volta do Pajé Mata Real

>>> • <<<

écadas depois, aconteceu algo que marcaria minha vida espiritual. Exu Caveira e Exu das Matas montaram falanges imensas e estavam sempre prontos para nos ajudar no resgate de espíritos e no combate aos demônios ativados. Foi um grande privilégio estar ao lado deles nessas batalhas. Sempre que levava espíritos ao Portão de Luz do Exu Sete Porteiras, agradecíamos um ao outro.

Muitos caçadores de almas trabalhavam em nossa terra natal. Kauane era uma caçadora de almas temida pelas trevas e seu melhor campo de atuação era como guerreira, assim como eu. Muitos exus e pombagiras lutaram ao lado dela, combatendo as magias negativas ativadas.

A magia africana já fazia parte de nosso dia a dia. Víamos muitos negros evocando os orixás, que mandavam seus mensageiros até eles. Da mesma forma, respondíamos sempre que possível, também em nome dos orixás.

Kuarã me chamou na morada Aruanda e, como uma verdadeira pajé, me orientou:

— Meu cacique, alerte seus sentidos de pajé, porque chegou a hora de você encontrar Pajé Mata Real e trazê-lo de volta para nós.

— Eu já havia sentido a magia dos orixás, mas será que Pajé Mata Real está em nossa terra natal?

— Se ele não estivesse, por que pediria que o encontrássemos? Ele sabia que o campo de atuação dele seria muito mais forte em nossa terra natal. Para nós, espíritos, não existe tempo ou distância. No entanto, o melhor campo de ação dele é em nossa terra. Acredito que Pajé Mata Real seja um dos escravizados, mas não sou uma caçadora de almas como você, Mata Virgem, Lua Grande, Itaguaraçu e Kauane.

— Tem razão! Vou ativar meus símbolos e meus sentidos. Também avisarei a Exu Caveira e a Exu das Matas.

Alertei meus irmãos e todos os caçadores de almas a respeito de minha busca, mas não obtive a resposta desejada. Fui conversar com Estrela-Guia e Pajé Tamandaré, que me aconselharam:

— Flecha Certeira, a busca é sua. Mata Real sempre confiou em você e desejava que você o encontrasse ainda na carne — aconselhou Estrela-Guia.

— Entendi tudo errado! Pedi a todos os caçadores de almas que buscassem entre os que deixavam a matéria...

— Meu cacique, um guerreiro pressente outro guerreiro; um pajé pressente outro pajé. Os babalaôs africanos também são pajés — elucidou Pajé Tamandaré.

— Então, minha busca recomeça agora! Com a licença dos senhores, voltarei à Terra.

Com as bênçãos dos pajés, segui para a Terra. Antes, pedi a Figueira que avisasse a Mata Virgem para me encontrar lá.

Assim que cheguei às matas, fui saudado por Exu das Matas:

— Salve, caçador de almas! Ainda não encontrei o pajé.

— Eu sei, Exu das Matas, por isso vim até aqui. Busque em sua falange informações sobre babalaôs que estão ativando a magia africana na carne.

— Ela é proibida pelo homem branco, sendo assim, é feita em segredo.

— Eu sei, mas agora, com meus sentidos ativados, também sei que o pajé está aqui, vivendo nesta época.

Exu das Matas compreendeu e partiu em busca de informações. Quase ao mesmo tempo, Mata Virgem volitou diante de mim, juntamente com Kauã, Kaune e Jandiara.

— O que houve, meu pai? Estávamos com Mata Virgem quando a mensageira da Pombagira da Figueira transmitiu seu recado. Então, decidimos vir junto com ele.

— Meu coração sempre se alegra ao vê-lo, Kauã. Dê-me um abraço, filho!

— Flecha Certeira, como podemos ajudar? — indagou Kauane.

Expliquei tudo a eles e Jandiara falou:

— As guerreiras da Jurema também ajudarão. Percorreremos nossa terra em busca de toda e qualquer magia ativada.

⟫→ • ←⟪

Meses depois, uma epidemia se proliferou e interrompeu nossas buscas por um tempo. A doença matou muitas pessoas — indígenas, brancas e negras —; vimos muito sofrimento, mas nosso trabalho para encaminhar os espíritos e ajudar nas magias evocadas em nome dos orixás foi incomensurável. Visitamos diversos povoados e várias aldeias para ajudar no que fosse permitido.

Em determinado povoado, encontramos um médico se desdobrando na tentativa de salvar a população, unindo-se, inclusive, a um negro — babalaô em sua terra natal —, que fazia rezas antigas, utilizava ervas e irradiava energias benéficas aos doentes, sem distinção. Ele dizia ao médico que lutaria por todos, e o médico respondia que ele também.

Em uma noite de resgate dos espíritos que desencarnaram devido à doença, o babalaô conseguiu ver Mata Virgem e eu. Logo, perguntou:

— Espíritos de luz, vieram buscar mais irmãos?

— Consegue nos ver e nos ouvir? Estamos aqui para resgatar os que puderem ser encaminhados — respondi.

— Diga-me, babalaô, você socorre todos, sem distinção, mesmo sabendo que os brancos escravizaram você e seu povo. Isso não lhe causa dor? — indagou Mata Virgem.

— Doutor Heitor não me considera um escravizado, mas um humano como ele, assim como todos deveriam considerar. Em nome de Zambi, somos todos iguais! Um dia, ainda vamos nos encontrar em Aruanda. Espero ser, aqui na Terra, um ponto de equilíbrio nesta batalha de intolerância, na qual somos segregados por conta da cor de nossa pele.

— Como chamou a morada espiritual? — inquiri, assustado.

— "Aruanda", espírito de luz.

— Compreendo. Que Tupã aumente sua sabedoria! Ajudaremos todos e o senhor também.

Afastei-me do local seguido por Mata Virgem, que logo falou:

— Meu cacique, as palavras do babalaô, sobre ser um ponto de equilíbrio nesta batalha, assemelham-se às do Pajé Mata Real.

— Sim, Mata Virgem. O nome da morada espiritual foi a que Pajé Mata Real me fez repetir várias vezes.

— Será ele, então?

— Não visualizei os símbolos no corpo dele, mas podem estar adormecidos. Vamos acompanhar. Se for ele, estaremos por perto. Tupã nos guiou até este momento, Mata Virgem.

Passamos a visitar, constantemente, aquele povoado e o babalaô, que sempre nos via e cumprimentava respeitosamente. Em uma das visitas, Pajé Tamandaré e Jandiara me acompanharam, já sabendo de minha desconfiança. Pajé Tamandaré se aproximou e perguntou:

— Eu o saúdo, babalaô! Como conhece as ervas que são desta terra, e não da sua natal?

— Eu o saúdo, espírito velho de luz! As plantas são vivas e se doam a nós. Basta sentir a energia e o gosto delas para descobrir a utilidade. Pai Oxóssi e Pai Ossaim abençoam as ervas, transformando-as no remédio necessário para os doentes.

— Meu nome é Tamandaré, nasci nestas terras e renasci para a espiritualidade antes de o branco chegar aqui.

— Aqui, me deram o nome de Manuel — explicou o babalaô.

— Você nega seu nome ancestral? — perguntei, austero.

— Um nomes é apenas uma designação, ele não determina quem eu sou ou quem eu serei. Se esse nome agrada o homem branco e o faz se sentir melhor, por que brigar?

— Você tem razão, de nada adianta ter um nome se não tiver ações dignas de Tupã, mas negar o nome de sua tribo não é renegar sua raiz? — insisti na pergunta.

— Espírito de luz, em minha terra natal, meu nome tinha um significado; aqui, Manuel tem significado também, e meu povo me reconhece por quem sou, o que faço e o que farei. Nomes, títulos e armas de nada adiantam do outro lado da vida. Nomes servem para sermos reconhecidos e chamados por eles. Não fiquei feliz ao mudar o meu, mas, se não aceitasse, seria açoitado ou alguém de meu povo pagaria por minha desobediência. Tive de dar o exemplo para que ninguém sofresse.

— Você cita o outro lado da vida. Já o conheceu? — indagou Jandiara.

— Em meu íntimo, sinto que vocês já me conhecem, guerreira. Devo ter conhecido, mas não me recordo.

— Por que me chamou de guerreira?

— Você segura o arco com firmeza, mas não a chamei de guerreira por isso, foi instinto... não sei dizer.

— Fique em paz, babalaô! Trabalhe para salvar o máximo de pessoas. Essa peste veio com o homem branco, mas afeta todos aqui — disse o Pajé Tamandaré.

Fomos embora e, quando estávamos distantes dos ouvidos dele, perguntei ao pajé:

— Pode ser ele?

— O conhecimento das ervas, como ele trabalha com elas... reconheço cada gesto, mas os símbolos dele ainda estão adormecidos. Não entendo por que não consegui vê-los.

— Ele me chamou de guerreira. Em minhas conversas particulares com o Pajé Mata Real, ele sempre me chamava dessa maneira — acrescentou Jandiara.

— Continuaremos ajudando este povoado e os outros. Assim, conseguiremos resolver esse mistério — concluiu Pajé Tamandaré.

Enquanto voltávamos para nossas moradas, aproveitei a companhia de Jandiara para visitar Kauã na morada da Jurema.

— Meu pai, o que o Pajé Tamandaré disse? É o Pajé Mata Real?

— Ainda não sabemos, Kauã. Venha, vamos encontrar Kauane e visitar Kuarã.

Com a permissão de Jurema, tivemos nosso momento familiar em paz.

⸻

Com o passar dos anos, a peste foi controlada, mas o número de mortos foi imenso. Morreram brancos, indígenas e negros, a peste não fez distinção.

O babalaô trabalhou por muito tempo na casa do médico, que o tratava de igual para igual, até que o doutor veio a sucumbir com uma tragédia em sua família.

Quando o babalaô, com a idade avançada, estava prestes a cumprir a missão, chamei Kuarã, Kauã, Kauane e Jandiara para recebê-lo. Kuarã estava ansiosa, afinal, seu primeiro mestre na magia dos pajés estava voltando. Ela o tinha como um verdadeiro pai. Meus sentidos aguçaram no instante em que o espírito do babalaô se desprendeu da carne, já que, para mim, tratava-se do Pajé Mata Real. Dei a Kuarã a honra de dar-lhe as boas-vindas.

— Não se assuste, babalaô. Somos da Luz de Aruanda e viemos buscá-lo.

— Espírito da Luz, e meu povo?

— Continuaremos a auxiliá-los. Em breve, você também poderá ajudá-los.

— Que Zambi permita, senhora da Luz!

Kuarã segurou a mão do babalaô e caminhou com ele. Durante a caminhada, ele desejava acudir os diversos espíritos presos em suas consciências, inclusive o de seu amigo médico. No entanto, naquele momento, era ele quem precisava de auxílio.

Chegando em Aruanda, estavam todos ansiosos para que ele despertasse as memórias, incluindo nossos irmãos e os pajés, que lá estavam. Kuarã olhou para ele e perguntou:

— Qual é o seu nome, babalaô?

Ele ficou pensativo, e Kuarã insistiu:

— Qual é o seu nome, babalaô?

— Manuel.

Um silêncio se fez, mas logo os símbolos do espírito dele começaram a brilhar, e o velho babalaô, se dirigindo a todos, repetiu:

— Meu nome, Pajé Kuarã, Cacique Flecha Certeira e todos os presentes, é Manuel. Eu assumo o nome que me foi dado: Manuel de Arruda.

Naquele instante, os símbolos sagrados do corpo dele brilharam ainda mais, e reconhecemos as marcas do Pajé Mata Real. Pajé

Itaçu e Pajé Tamandaré se abraçaram, assim como todos nós. Ele, então, esperou que nos recuperássemos da emoção e disse:

— Sabia que me encontraria, Cacique Flecha Certeira. Estou pronto para ajudar no que for necessário.

— Acalme-se, pajé! Acabou de nascer para a vida espiritual. Kuarã lhe mostrará Aruanda, embora o senhor já a conheça.

— Sim, meu cacique. Estou feliz por ver todos aqui. Pelo que vejo, Kauane se tornou uma caçadora de almas.

— Como devo chamá-lo, pajé ou babalaô? — indagou Kauane, aos prantos.

— Por favor, me chame de Manuel de Arruda ou Velho Manuel. Foi o nome que assumi.

— Assim será, meu irmão! — afirmou Pajé Tamandaré. — Sinto-me muito feliz por estarmos novamente reunidos!

— Tamandaré, quando foi ao alojamento dos doentes, eu sabia que o conhecia, mas não conseguia me lembrar.

— O senhor recuperou as memórias rapidamente. Eu demorei meses, pajé!

Todos riram com minha fala.

— Cacique Flecha Certeira, como não recuperaria as memórias rapidamente, sendo recebido por Kuarã? É uma honra ter sido acolhido de volta à morada espiritual por você, Pajé Kuarã. Abrace-me, minha filha pajé! Meu corpo pode ser outro, mas meu espírito é o mesmo, e minha essência é a que você conheceu na Terra.

Kuarã o abraçou e chorou emocionada. Aliás, todos nós choramos e nos abraçamos. Eu estava certo, era a reencarnação do Pajé Mata Real. Velho Manuel era um líder nato, conhecedor de diversas magias e capaz de identificá-las apenas com um olhar. Tudo isso fez dele um grande líder na espiritualidade.

FLECHA CERTEIRA

A nova ordem espiritual

>>>→ • ←<<<

O tempo passou e todos da Espiritualidade Maior se uniram para pensarmos uma forma de sermos reconhecidos por nossos graus espirituais. Não era necessário ser um guerreiro, um cacique, um pajé ou um caçador de almas. Tampouco era preciso ser um babalaô, um babalorixá, um feiticeiro, um padre, um sacerdote ou um sumo sacerdote. Era urgente que todos se unissem em prol da humanidade e dos cultos religiosos que religavam a humanidade ao Criador.

O Espiritismo já era uma realidade no continente velho, ainda que fosse combatido por muitos. Em nossa terra, porém, os dons de conversar com espíritos passaram a ser motivo de ira e, muitas vezes, de lutas e mortes. A nova ordem espiritual precisava fazer algo para unir os povos. Necessitava fazer de tudo, rapidamente, para que houvesse respeito em vez de intolerância.

Dessa forma, vários líderes espirituais decidiram reencarnar com o propósito de promover esse novo movimento na Terra. Testemunhamos muitos líderes felizes ao servir novamente ao Criador por intermédio da reencarnação. Pajé Itaçu foi um deles. Kuarã, Kauã, Jandiara, Pajé Tamandaré, Mata Virgem, Itaguaraçu e muitos dos nossos entenderam e respeitaram a decisão dele.

A nova ordem espiritual, a partir da união de seus líderes, começou a idealizar uma nova religião. Então, deixamos de ser caciques, caçadores e guerreiros para nos tornarmos caboclos e caboclas — epíteto que define nosso grau espiritual. Os babalaôs africanos passaram a ser reconhecidos como pretos-velhos e pretas-velhas e a ser chamados de pai, mãe, vô, vó, tio ou tia, recebendo um nome que representava sua encarnação, nação ou o orixá que os guiava.

Vários espíritos e eu fomos requisitados para cuidar de outros espíritos no processo de reencarnação, preparando-os para o advento da nova religião. Inúmeras falanges começaram a seguir os grandes líderes espirituais que reencarnavam para fundar a nova religião.

No mundo espiritual, líderes e espíritos de muita luz estavam preparados para agir no mundo encarnado, tão logo seus médiuns estivessem preparados.

Quando esses médiuns nasceram, uma nova batalha se iniciou. Forças demoníacas e seres das trevas tentaram de tudo para atrasar o plano da espiritualidade. O despertar da mediunidade daqueles que traziam os dons de Tupã em seu espírito imortal não foi fácil, muitos eram facilmente influenciados por espíritos obsessores e inimigos, enquanto outros foram considerados doentes mentais e, inclusive, internados.

Juntamente com diversos caboclos e caboclas, e sempre ao lado de novos exus e novas pombagiras, combati com afinco as forças negativas, sem trégua.

Em nossa morada espiritual, durante várias reuniões, ficamos cientes do movimento da mediunidade, da manifestação dos espíritos, do benzimento e do novo culto religioso. Ali, fomos abençoados por Pai Oxóssi e por Pai Oxalá.

Nessas reuniões, eu ficava extremamente feliz ao ver Exu Caveira ao lado da Pombagira da Figueira.

>>>→ • ←<<<

Sempre que possível, visitava Jandiara e Kauã. Entretanto, nossos encontros ficaram cada vez mais raros, pois Jandiara havia assumido uma falange de caboclas e as treinava junto com as irmãs da Jurema. Kauã, na companhia dos caboclos mais velhos, treinava novos caboclos.

Em uma das ocasiões em que visitei a Casa da Jurema, a própria me apresentou às irmãs que tinham retornado ao mundo espiritual décadas antes. Uma delas era Iracema, grande guerreira que possuía a mesma sabedoria da irmã mais velha.

Em outra visita ao local, fui apresentado por Jandiara à Cabocla Jaciara, que, muito sábia, conhecia a magia das raízes e das sementes, o que seria muito útil na nova religião.

— Eu o saúdo, Caboclo Flecha Certeira! Se precisar, pode contar comigo!

— Eu a saúdo, Cabocla Jaciara! Digo o mesmo. Seu conhecimento sobre a magia das sementes será muito útil no novo culto religioso.

— Sua agilidade como guerreiro e seu conhecimento como pajé também serão.

— Flecha Certeira precisa ser lembrado de que é um pajé, Jaciara — comentou Jandiara. As duas ficaram rindo e eu sorri com elas. — Flecha Certeira, sempre que puder, volte para nos visitar, tenho sentido muito a sua falta.

— E eu a sua.

— Tenho afazeres. Com licença!

Cabocla Jaciara nos deixou a sós e aproveitamos os poucos momentos que tínhamos.

Na espiritualidade, todos aguardavam o amadurecimento dos médiuns encarnados para que a nova religião fosse uma verdade na Terra. A Esquerda era composta por exus e pombagiras; e a Direita, por caboclos e pretos-velhos.

Posteriormente, outras linhas uniram-se à nova religião, suprindo as necessidades de magias para combater as inúmeras energias negativas.

FLECHA CERTEIRA

A Umbanda

Com o nascimento da Umbanda, iniciou-se uma luta contra o preconceito e a discriminação. As mensagens transmitidas pelos guias luzeiros aos novos umbandistas e aos assistidos se espalhavam rapidamente. Com essa expansão, nós, da Direita e da Esquerda, nos unimos para proteger a nova religião das trevas e da ignorância humana. A luta era intensa!

Nos primeiros anos da Umbanda, Velho Manuel e eu fomos chamados para uma reunião com o Caboclo Estrela-Guia e informados de que comandaríamos uma casa. Muito contrariado, eu argumentei:

— Senhor Caboclo Estrela-Guia, sinto-me realizado por exercer a função de guerreiro e defender as casas de Umbanda ao lado dos exus e das pombagiras, tendo como aliados os caboclos das casas que protegemos. Acredito que estamos fazendo um excelente trabalho! Se tiver sua permissão, gostaria de ajudar Velho Manuel, mas sem deixar de ser um guerreiro.

— Nunca deixará de ser um guerreiro, Flecha Certeira, só terá mais atribuições. Você foi um cacique e um pajé, então, sabe comandar, e executará a nova missão com maestria. Antes, precisará trabalhar e desenvolver seu médium.

— Se o senhor assim deseja, assim será. E Jandiara?

— Jandiara é da morada da Jurema, ou seja, é ela quem decide.

— Entendo. Já sabe onde trabalharemos?

— Ainda não. Por ora, decidimos apenas que o queremos liderando uma casa. Quando a hora chegar, nós avisaremos.

Ao nos afastarmos, guiei Velho Manuel até a porteira de nossa morada, e ele pediu:

— Menino Flecha Certeira, lembra-se do médico que eu ajudava na Terra?

— Sim, senhor.

— Se concordar, desejo que ele seja um guardião exu.

— Posso perguntar o motivo?

— Quando encarnado, ele nunca me tratou como escravizado ou como alguém inferior a ele. Apesar de não acreditar em minhas rezas e magias, ele nunca as recriminou. Se não fosse certa fatalidade na família dele, creio que ele estaria na Luz. Por isso, quero ajudá-lo.

— Não sei onde ele está, meu senhor, nem a qual falange pertence. Tentarei encontrá-lo para que possam conversar.

— Se existe alguém capaz de achá-lo, esse alguém é você. Você me encontrou! Mesmo sendo um caboclo, nunca deixou de ser um caçador de almas.

— Eu sei, meu velho. Vou encontrá-lo, mas precisamos saber se, quando chegar a hora, ele estará preparado para assumir o grau de exu ao nosso lado.

— Primeiramente, vamos encontrá-lo; depois, veremos qual é o estado atual dele e o prepararemos para assumir o grau. Ele carrega uma dor intensa: a dor do amor e a dor de perder um filho e a amada. Será muito fácil identificá-lo.

— Eu me lembrarei disso!
Assim que ele se foi, fui contar a novidade a Jandiara:
— Então, você voltará a ser um cacique na Umbanda?
— "Guia-chefe", é assim que se chama.
— Eu sei, estou apenas tentando tirar sua tensão. Não nos separaremos de novo, sinto isso, mas, se for preciso, temos a eternidade para nos reencontrarmos e recomeçarmos a nossa história.

Contei para Kauã, Kaune e Kuarã, que ficaram felizes e me abraçaram. Kauã ainda disse:
— Meu pai, pode contar comigo sempre!
— Conosco também, meu cacique! — disseram Kuarã e Kauane, sorrindo ao lado de Jandiara.

Flecha Ligeira e Flecha Dourada se alegraram:
— Antes, precisará nos ajudar. Fomos encarregados de trabalhar na Umbanda e de desenvolver nossos ou nossas médiuns.
— Então, caçaremos juntos novamente! — respondi animado, abraçando-os.

Mata Virgem e Lua Grande também receberam ordens de comandar uma casa, e eu os ajudaria no que fosse necessário.

>>>→ • ←<<<

Na primeira década da Umbanda, Pajé Tamandaré, ou melhor, o Caboclo Tamandaré me convidou para, ao lado dos caboclos, das caboclas, dos pretos-velhos e das pretas-velhas, defender o terreiro que ele comandaria em conjunto com sua médium.

Tive a honra de trabalhar com meu filho, resguardando o terreiro do Caboclo Tamandaré. Kauã, porém, observando o novo trabalho e caminhando devagar, mas com firmeza e com o propósito renovado em Tupã e nos orixás, tomou uma decisão que nos abalou. Ele chamou Jandiara e eu, bem como Velho Manuel,

Kuarã, Kauane, Cabocla Jurema e Caboclo Estrela-Guia, para comunicar sua decisão:

— Meu pai, minha mãe e guerreira Kauane, decidi reencarnar para ajudar a nova religião. Caboclo Estrela-Guia e Cabocla Jurema já me concederam a permissão; agora, peço que me abençoem. Também peço que, assim que encarnar, me orientem no que for necessário.

Ficamos atônitos, mas sabíamos que a escolha era dele.

— Kauã, talvez não sejamos capazes de identificar sua encarnação, pois terá os símbolos sagrados adormecidos. Contudo, se assim deseja, eu, Jandiara, o abençoo! Saiba que vibrarei por você e que sempre receberá minhas energias, ainda que eu não saiba onde você está, pois Tupã enviará as energias emanadas da Casa da Jurema.

— Seja o guerreiro que foi nas matas e atingirá seu objetivo. Eu, Flecha Certeira, o abençoo! A morada de Pai Oxóssi sempre enviará as energias que eu vibrarei em sua lembrança. Sua mãe e eu estaremos unidos em oração por você.

— Meu pai, desconheço melhor caçador de almas que o senhor. Estou certo de que me encontrará, assim como localizou Velho Manuel, e me trará de volta.

— Se assim Tupã permitir!

Todos notaram a coragem e a determinação de Kauã. Kuarã, que o tinha como um filho, disse a todos nós:

— Se for permitido, quero acompanhar Kauã até o momento da reencarnação. E saiba, pequeno Kauã, que nunca o deixarei, sempre enviarei energias para você.

— Kuarã, mais tarde conversaremos e decidiremos em nossa morada. Não vejo problemas, mas sabe que essa decisão não é minha — disse o Caboclo Estrela-Guia.

— Então, permita que Kuarã também me guie — pediu Kauane. — Há tempos, venho pensando em reencarnar para ajudar a nova religião, mas não tive a coragem de Kauã. Agora, a partir da iniciativa dele, peço, Mãe Jurema, sua permissão para que eu reencarne e ajude, de alguma forma, quem precisar. Também gostaria que meu cacique e Jandiara me encontrassem.

Ficamos todos espantados, até que Jurema falou:

— Eu já havia sentido seu desejo, minha filha, e tem minha permissão. Intercederei junto a Estrela-Guia para que Kuarã possa guiá-los.

— Kauane, Flecha Certeira e eu sempre enviaremos orações a você também, e tem minha palavra que, se nos for permitido, nós a encontraremos — finalizou Jandiara.

⟫⟩→ • ←⟨⟪

Jandiara e eu tivemos vários meses com Kauã, Kauane e Kuarã, graças aos nossos líderes espirituais, que nos deram um tempo para passarmos juntos e nos despedirmos.

Após a partida de Kauã, Jandiara me falou:

— Nosso pequeno Kauã se tornou um grande caboclo! Você o ensinou muito bem, meu cacique!

— Foi você quem terminou de criá-lo e merece o mérito, assim como Kuarã.

Kauane ficou mais tempo conosco antes de partir. Em nossa despedida, ela disse:

— Confio em vocês! Sei que não vão me desamparar, estou certa de que vão me achar.

Eu estabeleci um propósito ainda maior: ajudar a expandir a Umbanda rapidamente, a fim de que Kauã e Kauane pudessem fazer o trabalho deles, antes que eu também começasse a realizar meu trabalho como guia-chefe de uma casa.

※

Diversos caboclos começaram a liderar terreiros. Ainda na primeira década da Umbanda, ao lado do Caboclo Estrela-Guia, conheci o Caboclo Sete Estrelas, que me falou:

— Sei que auxilia muitos caboclos e pretos-velhos a manter os terreiros abertos. Em breve, meu médium iniciará o desenvolvimento e, quando chegar a hora, seria uma honra ter um guerreiro como você conosco.

— Se a mim for permitido, me unirei aos caboclos e caboclas de sua casa para ajudar no que for preciso.

— Que Tupã nos abençoe!

Decorridos alguns anos, a Umbanda se firmou ainda mais como religião. Ajudei muitos terreiros sem que os médiuns soubessem de minha existência. Na verdade, nem era preciso. Agradeço imensamente aos caboclos Tamandaré, Tupinambá, Arranca-Toco, Tupi, Cipó, Jureminha, Jurema Flecheira, Goytacaz, Pena Branca, Jupira, Jussara, Pena Verde, Pedra Preta, Pena Dourada, Sete Flechas, Mata Virgem, Lua Grande, Flecheiro, Sultão das Matas, Indaiá, Jurema Caçadora e tantos outros que sempre abriram as portas para me receber.

Muitos de meus irmãos da espiritualidade decidiram reencarnar para promover a ascensão da Umbanda, e nós, que ficamos no mundo espiritual, juramos defendê-los e ajudá-los no que fosse necessário. Sempre que um irmão começava a despertar os dons de Tupã, uma nova batalha se iniciava.

※

Como a Umbanda já era uma realidade, muitos pais e mães deixaram o preconceito de lado e começaram a levar filhos e filhas aos terreiros. A mediunidade começava a ser aceita, não como deveria ser, mas já era um começo.

Alguns anos depois, Itaguaraçu e eu fomos proteger uma casa comandada pelo Caboclo Tupinambá. No local, comentei sobre o exu que eu procurava a pedido do Velho Manuel.

— Flecha Certeira, nos primeiros anos da Umbanda, você afastou uma falange de demônios do terreiro que Pedra Preta comandava. Eu estava lá e vi quando você chegou e os combateu com seu olhar e seu comando austeros. Lá, havia um exu que estava sendo chamado pelos demônios de "doutor", e ele tinha essa dor. Você não se lembra?

— Não, mas sei quem estava lá ajudando a Esquerda.

— Então, já sabe por onde começar.

— Sim, Tupinambá! Amanhã, teremos uma reunião em nossa morada e falarei com Exu Caveira.

≫→ • ←≪

No dia seguinte, durante a reunião, Exu Caveira apareceu sem que eu precisasse chamá-lo e levou quem eu queria. Tupã é, realmente, maravilhoso!

Chamei-o silenciosamente e perguntei mentalmente quem era o convidado e onde ele estava atuando. Caveira me relatou tudo. Acreditava ser ele, mas era preciso confirmar.

Então, atirei uma flecha para o alto que, ao cair, iluminou todo o ambiente, anunciando o início da sessão e as bênçãos que seriam dadas.

Caboclo Estrela-Guia, sempre sereno, nos convocou para reafirmar nosso compromisso com a Umbanda, com os médiuns que estavam encarnando e com os guias que assumiriam a mediunidade desses médiuns. Nesse dia, eu ansiava pelo término do encontro, pois queria olhar profundamente nos olhos do exu. Ouvimos o senhor Estrela-Guia discorrer:

— Sejam bem-vindos! Que Pai Oxalá e Pai Oxóssi abençoem a todos! Muitos terreiros de Umbanda estão sendo abertos e milhares de irmãos de muitas moradas irão compor as linhas de trabalho dos médiuns que estão nascendo. Nossa morada recebeu a incumbência de ajudar esses irmãos a assumirem suas posições dentro dos terreiros. Eu, um dos muitos caboclos "Estrela-Guia", estou pronto para auxiliar todos os que desejarem trabalhar como mentores dos médiuns que estão nascendo. Precisarei de todos vocês nessa caminhada! Todas as moradas espirituais estão ajudando. A Umbanda é muito importante para todos, não podemos falhar em nossa missão.

Encerrada a reunião, aproximei-me do exu, olhei-o profundamente nos olhos e pude sentir sua dor. Em seguida, dirigi-me à morada espiritual do Velho Manuel.

— Salve! Sou Flecha Certeira e vim falar com Velho Manuel.

Fui recepcionado pelo exu daquela porteira, que me saudou respeitosamente. Ao entrar, avistei Velho Manuel, que sorriu ao me ver e foi logo perguntando em tom amigável:

— Menino, como você está? Não vá me dizer que já chegou nossa hora...

— Sua bênção, meu velho!

— Zambi Maior o abençoe e que o povo do Congo e de Arruda aumentem sua luz. O que o aflige?

— Nosso médium já foi concebido, vai demorar alguns anos até sermos encaminhados para assumir a mediunidade dele, mas creio ter encontrado o guardião que o senhor queria.

— E como sabe que é ele?

— Eu senti a dor que o senhor havia me relatado, assim que me aproximei dele. Ele toma conta de um cemitério, ajudando os encarnados a entrar e a fazer suas oferendas e preces. Conversei mentalmente com Exu Caveira, que o senhor conhece bem, e ele poderá informá-lo melhor sobre como ele se tornou um exu e como assumiu o grau, já que foi ele o mentor. Os mistérios de Tupã não têm fim!

— Por que diz isso, Flecha Certeira?

— Ele sempre esteve perto de nós, e eu o procurei tão longe... Se tivesse perguntado a Exu Caveira, já o teríamos achado há muito tempo.

— Vou observá-lo de longe e, se for ele mesmo, assim que recebermos ordens para descer à Terra, vou chamá-lo.

— Kuarã está na morada, meu velho?

— Não. Na companhia de Kauane, ela cumpre a missão de acompanhar Kauã.

— Pensei que ela já tivesse encarnado.

— Como você bem disse há pouco, os mistérios de Tupã não têm fim. Ela está sendo preparada... tudo a seu tempo.

— Sim, meu senhor. Tudo a seu tempo.

Pensativo, retornei à minha morada. Lá, recebi uma mensagem dizendo que Kauã havia sido concebido. No entanto, eu tinha imaginado que isso também tivesse ocorrido com Kauane, mas os mistérios da Criação não têm fim e precisamos aceitá-los. O entendimento sempre vem na hora certa.

FLECHA CERTEIRA

Nova missão

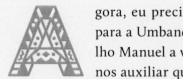

Agora, eu precisava continuar a abrir caminhos para a Umbanda. Eu me dividia entre ajudar Velho Manuel a vigiar o exu por ele escolhido para nos auxiliar quando a missão começasse; apoiar os terreiros abertos; e receber os irmãos que cumpriam com louvor o ofício de fomentar a nova religião.

Reunia-me com Jandiara sempre que possível para conversarmos sobre nossas histórias de missões e clamarmos a Tupã pela nova vida de Kauã e de Kauane.

Quando o Caboclo Tamandaré cumpriu a missão ao lado da médium, disse que seria uma honra me ajudar na missão de ter uma casa. Avisou que precisaria cuidar dos filhos que deram continuidade à casa, mas que também estaria comigo.

Certa vez, comentei com ele:

— Caboclo Tamandaré, nossas missões nunca acabarão. Sempre que cumprimos uma, outra surge. Tupã confia em nós!

— Verdade, Flecha Certeira, jamais pensei que amaria tanto minha médium e os filhos de santo. Embora minha missão tenha terminado, estou feliz por continuar a ajudá-los, pois os amo demais! Vibro com as conquistas e me entristeço com as quedas de cada um. Fico feliz sempre que posso descer e acudi-los, mesmo que eles não saibam quem os auxiliou.

— Testemunhei o amor que transbordava por meio de sua luz. Se precisar de mim para socorrê-los, conte comigo.

— Digo o mesmo e faço questão de estar com você quando sua hora chegar.

>>> → • ←<<<

O Caboclo Sete Estrelas abriu a própria casa e a irmã mais nova de Jurema, a Cabocla Iracema, se juntou a ele na missão. Jandiara ficou radiante, pois as forças da Jurema se expandiam pela Umbanda. Além disso, a Casa da Jurema é muito importante na espiritualidade, pois envia espíritos para diversos cultos religiosos. Ver a força dela entrar e se propagar na Umbanda trouxe uma felicidade imensa para nós.

Flecha Dourada e Flecha Ligeira se uniram ao Caboclo Sete Estrelas. Senti um orgulho imenso dos dois. Sempre que possível, eu os ajudava; até nas trevas eu ia, fosse para impedir uma ação demoníaca ou para resgatar algum espírito.

As magias negativas cresciam como pragas em uma plantação. Nunca vou compreender a força humana de aprender coisas erradas. Seria muito bom se direcionassem toda essa vontade para aprender coisas boas. A guerra não tinha fim.

Devido às diversas ações negativas, a Umbanda abriu portas para outras linhas de trabalho trazerem seus fundamentos, contribuindo na luta contra tais magias. Como exemplo, cito a Linha dos Ciganos, pois, diversas vezes, presenciei a ação deles em batalha. Todas as linhas que adentraram a Umbanda tinham um propósito, mas destaquei os ciganos porque, até hoje, a existência deles na Umbanda costuma ser questionada.

Foram árduos anos de luta contra magias negativas, mas a força negativa mais potente era a de dentro do ser humano: a inveja, a cobiça e a vaidade levaram muitos espíritos à prisão, pois eles baixavam demais a vibração, a fim de atender às vontades de seus médiuns e, com isso, diversos exus e pombagiras sucumbiam para proteger os espíritos de luz. Eu e vários caboclos lideramos falanges de exus e pombagiras para resgatar nossos soldados de prisões demoníacas.

Após os espíritos de luz terem encarnado e alavancado a Umbanda, nossa missão passou a ser tentar ajudar os médiuns encarnados e ensinar-lhes o verdadeiro sentido de ser religioso.

Jandiara e as guerreiras da Jurema influenciavam os médiuns encarnados cada vez mais, dando-lhes sentido à vida que, muitas vezes, parecia uma penitência, mas, ao conhecer a Umbanda e a força da Jurema, encantavam-se e se ligavam ao Sagrado. Sempre que possível, me mantive ao lado de Jandiara.

Falanges de caboclas e de caboclos se uniram para, mais uma vez, socorrer a humanidade e recuperar o sentido da vida.

Minha vez de ajudar a Umbanda, atuando na Linha dos Caboclos, estava chegando. Eu havia me preparado com afinco para ser digno de Tupã na realização de tão importante missão.

FLECHA CERTEIRA

Eu vi a estrela surgir

>>>—→ • ←—<<<

u estava ciente de que começaria a atuar no desenvolvimento de meu médium para que, após alguns anos, se assim ele desejasse, eu pudesse cumprir a missão de liderar uma casa.

Velho Manuel me pediu para ajudar o exu por ele escolhido a vencer uma batalha interna e, com isso, prepará-lo para a nossa missão.

Fui até a morada de Jandiara avisar a ela que me afastaria por um tempo, pois precisava ajudar Velho Manuel. Sem pensar, ela respondeu:

— Então, vá e volte logo, meu cacique! Sei que está se preparando para assumir a mediunidade de um encarnado.

— Sim, estou, mas também preciso ajudar o Velho Manuel.

— Vá! Atire sua flecha e volte logo!

>>>—→ • ←—<<<

Depois de me despedir de Jandiara, fui até Exu Caveira.

— Senhor Flecha Certeira, que honra recebê-lo! Como posso ajudar?

— Preciso saber a respeito do exu que Velho Manuel deseja que trabalhe conosco.

— É o Exu Sete Caveiras. Ele está com a Pombagira do Cruzeiro e sua falange, ajudando muitos terreiros como povo de rua.

— Como ele está lidando com a própria luta interna?

Conversamos por um bom tempo e ele me contou sobre o encontro de Sete Caveiras com os exus antigos, que o ajudariam. A reunião havia sido promovida pelo próprio Velho Manuel.

Depois de compreender toda a situação, segui até a morada do senhor Caboclo Sete Estrelas. Dialogamos por horas e ele afirmou que pediria a todos os exus que ajudassem Sete Caveiras. Não demorou muito e os exus antigos me procuraram para que eu passasse uma valiosa informação ao exu que Velho Manuel queria.

Decorridas algumas semanas e diversas batalhas travadas, consegui plantar a semente da paz no exu. Então, ele mesmo a fez brotar, extinguindo o egoísmo e a raiva e tornando-o apto a trabalhar na Umbanda.

Velho Manuel o recebeu com todo o seu amor e começou a treiná-lo com sua falange para trabalhar conosco.

〉〉〉→ • ←〈〈〈

Continuei fazendo o que podia para abrir caminhos para a Umbanda, mesmo sabendo que o pior inimigo dela é o próprio médium. Como já disse, nunca entenderei a capacidade do ser humano de aprender coisas ruins em detrimento de coisas boas.

Passei, pessoalmente, missões para o Exu Sete Caveiras. Ele e a falange dele as cumpriram sem questionar, transmitindo-me confiança para o trabalho que teríamos de realizar. Também ajudei Jandiara e as guerreiras da Jurema em muitas incumbências; e meu espírito transbordava de alegria ao lutar ao lado dela.

Por anos, cooperamos com a casa do Caboclo Sete Estrelas. Encontrar Flecha Dourada e Flecha Ligeira trabalhando como caboclos e ver a Cabocla Iracema transbordando a energia da Jurema nos fazia relembrar a vida na carne.

Em uma festa de Oxóssi, Jandiara falou:

— Sua hora está chegando. Assim que atirar sua flecha, as guerreiras de Mãe Jurema e eu estaremos ao seu lado.

— Quando minha hora de trabalhar como caboclo manifestado chegar, desejarei tê-la ao meu lado.

Pedimos licença para nos retirar da festa e, em seguida, fomos à morada de Jandiara.

⋙→ • ←⋘

O Caboclo Sete Estrelas viu seu médium cumprir a missão na Terra com louvor e, como um grande caçador de almas, ele mesmo o recepcionou na espiritualidade.

Jandiara assumiu a missão de ajudar a casa, agora comandada pela Cabocla Iracema e pelo Caboclo do Vento.

Em minha morada, imaginava onde estariam Kauã e Kauane, mas meus pensamentos foram interrompidos pelo chamado do Caboclo Estrela-Guia, que desejava conversar.

— Senhores Caboclo Estrela-Guia e Caboclo Sete Estrelas, peço-lhes a bênção! Que Tupã os ilumine!

— Que Pai Oxalá aumente sua luz, meu irmão! — disse Estrela-Guia. — Obrigado por ter vindo tão rapidamente, Caboclo Flecha Certeira. É Sete Estrelas quem deseja falar com você.

— Que Tupã Maior aumente sua luz, Caboclo Flecha Certeira! Meu médium cumpriu a missão, como bem sabe. Caboclo do Vento e Cabocla Iracema estão prontos para assumir a casa. Chamei outros caboclos e conversei com cada um deles, mas, agora, desejo conversar com você. Conto com você para ajudar meus filhos encarnados; e conte comigo para quando precisar e chegar a hora de liderar sua casa. Também vim dizer que seu médium está pronto, pois a Cabocla Iracema está se responsabilizando pelo desenvolvimento de todos.

— Agradeço a confiança, senhor Sete Estrelas. Gostaria de reiterar que aprendi muito assistindo-o liderar sua casa e espero, um dia, ser um pai tão bom quanto o senhor. Deve se orgulhar de seu médium, que cumpriu a missão primorosamente. Seu amor transborda por ele e por toda a família.

Abraçamo-nos e, em seguida, ele volitou diante de nós.

— Está feliz, Flecha Certeira?

— Senhor Estrela-Guia, como não estaria? Trabalharei muito para honrar tudo o que Tupã Maior me concedeu! Agora, peço sua permissão para contar a Jandiara.

— Permissão concedida.

⋙→ • ←⋘

Volitei até a morada de Jandiara, onde fui recebido por ela.

— Chegou a hora, caçador?

— Você já sabe, guerreira?

— Sim, Iracema me contou. Tenho um presente para você.

— Um presente para mim?

— Sim. Antes, porém, precisamos ir até Kuarã. Segure minha mão.

Em instantes, estávamos na morada de Kuarã, que nos recebeu com muita alegria.

— Caboclo Flecha Certeira, Cabocla Jandiara, que felicidade! É muito bom vê-los juntos! Faz-me lembrar de nossa vida na carne em nossa aldeia.

Contamos a novidade para Kuarã, que me abraçou e disse:

— Sabe que sempre estarei com você e o Preto-Velho Manuel, certo?

— Sim, Kuarã!

— Kuarã, minha irmã, você é a única entre nós que sabe onde Kauã está. Vim aqui, junto com Flecha Certeira, para pedir que nunca deixe de olhar por ele. Assim, poderei ajudar Flecha Certeira na missão. Peço, também, que sempre olhe por nossa irmã Kauane.

— Nem precisava pedir, minha irmã. Fiquem tranquilos! Um dia, estaremos todos juntos novamente. Cumpram a missão em paz. Se precisarem de mim, responderei prontamente.

Despedimo-nos e, logo após, volitamos para um lugar na Terra longe dos olhos humanos, onde a natureza lutava para continuar virgem e de pé.

— Por que me trouxe aqui, Jandiara?

— Sei que, de agora em diante, teremos pouco tempo até que cumpra sua missão, mas estarei sempre ao seu lado. Então, pedi ao Caboclo Estrela-Guia e à Cabocla Jurema que nos permitissem passar um tempo juntos.

— Infelizmente, não posso. Tenho um médium para cuidar e orientar.

— Eu sei. Por isso, pedi a Pai Manuel e ao Caboclo Itaguaraçu que o assistissem. É apenas um tempo.

— Esse é o presente que queria me dar? Eu aceito!

— Não, o presente não é esse.

— Então, o que é?

— Você conhece muito bem a magia do ponto-riscado dentro da Umbanda. Também domina a magia dos símbolos, das ervas, das pedras e das águas. Tudo o que aprendeu como pajé, poderá e deverá usar de agora em diante.

— Eu sei, Jandiara, mas não entendo o que deseja me ensinar.

— Sua flecha, quando atirada, torna-se luz e ilumina até a mais profunda escuridão. Presenciei isso quando resgatou, juntamente com o exu, a jovem pombagira perdida.[2] Lembra-se dos sons das matas e das águas?

— Como poderia esquecer? Pajé Mata Real ficou dias comigo nas águas e nas matas.

— A Umbanda usa esses mesmos sons. Os pontos-cantados são a magia dos sons, são as orações que entram em contato com os orixás e a natureza.

— Eu já vi como um ponto-cantado pode derrubar, facilmente, uma energia negativa e até curar um espírito caído.

— Não são só curar. Além disso, são orações de esperança, de clamor, de agradecimento e de alegria.

— Sim, Jandiara, mas ainda não entendi. Afinal, o que preciso aprender?

— Você disse que nunca deixaria de me amar, certo?

— Jamais! O que está havendo?

— Meu presente para você é uma oração que marcará o início de sua jornada. Quando a ouvir, entenderá que é chegada a hora.

— Vocês intuíram alguém a cantar um ponto direcionado a mim?

— Não, as guerreiras da Jurema e eu compomos um ponto-cantado. Cantaremos juntas e, assim, saberá que é o dia em que deverá expandir sua luz e assumir a coroa de seu médium.

— Jurema sabe disso?

— Sim.

Passamos uns dias naquele lugar lindo e intocado pelo homem.

---

[2] Referência ao livro *Sete Caveiras*, de Paulo Ludogero (Aruanda Livros, 2022). [NE]

Precisei voltar algumas vezes à minha morada para atender ao chamado do senhor Estrela-Guia e, algumas vezes, do próprio Velho Manuel. Quando voltei para perto de Jandiara, ela me abraçou e disse:

— Eu sei que será assim agora, teremos pouco tempo, mas sempre estaremos juntos.

— Sim, clamo a Tupã que eu consiga cumprir minha missão.

— Conseguirá! Sei que o caçador de almas que conheci não decepcionará a Luz.

Passamos mais algum tempo juntos, até que precisei partir para ficar ao lado de meu médium na gira.

Ao me aproximar do médium, avistei as guerreiras da Jurema ao lado de Jandiara e da Cabocla Iracema, e percebi que meu médium estava com todos os campos mediúnicos abertos. Era chegada a hora de iniciar a missão.

As guerreiras se uniram e começaram a cantar, enquanto Cabocla Iracema sorria:

> Eu vi uma estrela surgir,
> e lá nas matas eu pude ouvir
> dona Iracema a chamar
> Flecha Certeira para trabalhar!

Anos mais tarde, eu mesmo cantei esse ponto e assumi de vez a minha missão.

Durante os anos de desenvolvimento de meu médium, senti suas emoções, tristezas e alegrias. Vi o coração dele explodir de felicidade e murchar de desapontamento. O menino se tornou um bom médium, mas Velho Manuel e eu sempre exigíamos mais dele, além do Exu Sete Caveiras, que também compreendeu a necessidade de moldá-lo e passou a cobrar mais comprometimento dele.

Quando chegou o momento de abrir a nossa casa, tive a honra de receber todos os meus irmãos que, outrora, compartilharam comigo a mesma morada na carne. Cabocla Jaciara se uniu a mim na direção da casa e, ao lado das entidades da coroa de nossos médiuns, lutamos contra as maldades humanas e as trevas ativadas por elas.

Em outras casas, ajudamos a liderar e a propagar a Umbanda, sempre contando com a força da Jurema. Em nossa casa, fiquei honrado quando o Caboclo Itaguaraçu e, em seguida, o Caboclo Tamandaré se juntaram à corrente; Lua Grande e Mata Virgem também nos ajudaram, assim como Kuarã.

A Umbanda é uma religião sagrada. Todos os caçadores de almas se uniram para que pudéssemos realizar os desejos dos orixás e de Tupã Maior. Eu, um dos muitos caboclos "Flecha Certeira" que trabalham na Umbanda, agradeço a Tupã Maior, a Pai Oxóssi e a todos os espíritos de luz que me permitiram contar um pouco de minha história. Tupã Maior abençoe a todos!

A missão continua, jamais acaba, pois o amor é infinito!

FLECHA CERTEIRA

Posfácio

>>>→ • ←<<<

Quantas oportunidades de crescer e de evoluir Deus concede a uma alma? Um sem-fim, talvez, seja a melhor resposta, pois grande é o desafio de tentar contabilizá-las. Isso é notório à medida que Pai Caboclo Flecha Certeira partilha sua jornada conosco, inspirando-nos a sabedoria e o autoconhecimento dos pajés, além da disciplina e a força dos guerreiros, a fim de que sejamos certeiros em nossos objetivos. Esse caboclo nos mostra a liderança servidora de um cacique que guarnece e conduz seu povo.

Grande ser de luz, Flecha Certeira nos faz refletir que é possível integrarmos todas as nossas potencialidades e virtudes, unindo-nos a Zambi Maior e aos gloriosos orixás. Assim, Deus, o ser humano e as forças do bem se tornarão o Sagrado.

Muitos são os ensinamentos trazidos por esse luminoso caçador de almas e, ao findar esta obra, esses conhecimentos permanecerão povoando e reverberando em nossa mente. Flecha Certeira nos fortalece com a certeza de que a nossa missão é a de nos tornarmos pessoas melhores e de que a fé é o alicerce que nos sustenta. Traz a visão de que a vida é transitória, efêmera, que continua sendo apenas uma travessia de uma margem para a outra de um grande rio, onde as encarnações são um convite reparador para o ajuste e o acerto de contas. Por fim, ratifica a necessidade do ser humano de buscar a harmonia com a natureza, sendo uma espécie de guardião, pois nela estão contidas as valiosas medicações que curam os males do corpo e da alma.

Por isso, rogo a Tupã e a Oxóssi que sigam iluminando e multiplicando a luz de Pai Caboclo Flecha Certeira, esse formoso tarefeiro, para que nunca lhe falte forças para cumprir a missão com os filhos da Terra.

Saravá, Oxóssi! Okê, caboclo!
Saravá, Caboclo Flecha Certeira!
Saravá, Umbanda!

> Pajé, cacique, guerreiro,
> ó glorioso caçador de almas!
> Ele é Flecha Certeira,
> seu brado ecoa em toda a mata.
> Filho de Tupã,
> seu grande amor é Jandiara,
> quando atira não erra,
> ele é o rei da macaia.

Filipi Brasil
Dirigente espiritual do *Templo Espiritualista Aruanda*

ARUANDA
· livros ·

Este livro foi composto com a
tipografia Calluna 10,5/15 pt e impresso
sobre papel pólen natural 80 g/m²